车前子 著

苏州慢

一书一世界

SoBooK
沙发图书馆

大块
纸本
37cm×55cm
2008

快雪时晴图

纸本

34cm x 34cm

2013

山 水
纸 本
33cm × 5.5cm
2013

案 头

纸本

35cm×35cm

2014

奔 月

纸本

35cm×35cm

2014

芸芸众生

纸本

26cm×35cm

2009

自 序

苏州是我故乡，而已而已，而已吧。要说不爱，有点困难；要说爱，也不那么容易。

谁没有故乡呢！我是不是大惊小怪，居然不知不觉写下几百万字苏州，好像前世欠它的债，这世偿还。

有个秋天的午后，独坐乳鱼亭中，忽然《三笑》弹词巧云一般舒卷而来，原来有个老先生弯腰走过，他背驼得厉害，手里捧着的收音机像只枕头，塞在右耳朵下面。我们在还五百年前的债。老先生步履维艰地远去了，乳鱼亭四周返回寂静，虾兵蟹将六神无主，偃旗息鼓。我忽然想到，故乡会不会也欠我们债呢？比如眼下苏州，欠我债吗？欠我债吗？如果真欠的话，我也不客气，等它来还。十年、二十年、五十年、一百年、三百年后还我吧，五百年后还我吧，这样更好，古往今来，诗人都会给自己的故乡放高利贷。

是为序。

车前子

二〇一六年三月二十九日 夜 于起云楼

目 录

粉黛记 ...1

门泊东吴万里船 ...7

苏州女人和苏州男人 ...12

香樟树与桂花 ...17

东山杨梅 ...19

西山枇杷 ...23

小巷小巷小，巷小巷小巷 ...26

有水一章 ...28

水 井 ...32

甲辰巷的甲辰塔 ...36

小公园和大公园 ...37

房 事 ...41

桥边生涯 ...48

阁楼偶记 ...51

桃花坞木刻年画　...53

摹　本　...56

太湖石与评弹　...59

药香的艺圃　...63

五峰园　...67

藕断丝连之美　...69

花气间记　...73

秋天的故事　...76

回忆怡园与沧浪亭　...83

两个苏州人　...86

苏州 1979　...90

赔我一个苏州　...92

手艺的黄昏　...96

日光灯管　...101

烟草仕女　...104

一条黄纸板糊出的小巷　...107

明月前身　...109

古老花园　...116

南方的大路　...123

苏州闲话　...130

变　化　...134

宋瓦杂抄　...137

南社人物两题　...140

泥　巴　...146

流水账　...152

回忆园路河山　...158

恋爱中的女子　...162

在苏州梦游　...169

正文与附录　...186

街头手艺人　...193

补碗的　...196

古董铺　...198

南纸店，烟纸店　...202

回忆点心店　...206

家　...209

天　井　...213

小石灰桥　...216

回忆树　...219

皂　荚　...223

蜡梅海棠车前子鸡冠花凤仙一串红　...226

回忆茉莉花和茉莉花田 ...229

三湖记 ...231

江南的南方 ...233

雨 事 ...236

有一年大雪 ...239

浪漫个头 ...241

访制琴者 ...244

小人书 ...247

洋 画 ...251

陀 螺 ...255

一根有长矛那么长的火柴 ...259

铅笔记 ...261

沙橡皮白橡皮香橡皮肉橡皮 ...264

竹皮帖 ...267

旧衣帖 ...270

内心一个绿油油的鬼 ...274

水落石出 ...277

诗人与故乡 ...285

粉黛记

粉墙黛瓦："苏州色"。

粉墙好看，黛瓦当然也好看。粉墙有种在底层的感觉，平起平坐，与我辈亲切。黛瓦看起来就没有粉墙方便，要抬头，或者俯视。在苏州不能老抬头，苏州人讲礼，老抬头会让人觉得骄傲。以至我于黛瓦终究讲不上，对粉墙似乎还能一说。

年代的长短，位置的阴阳，雨痕，树荫，藤影，人家的气息，夜与昼，都会使视线之内的粉墙和而不同，尽管它们都是白的，却白得千变万化。我走过一些地方，也见过一些粉墙，比较起来，还是苏州的粉墙最幻。这种幻，除了"年代的长短，位置的阴阳"等等因素之外，我想还有一个因素不能忘记——这就是黛瓦。

黛瓦在粉墙头上不露声色地一压，粉墙的白就白得从容、谦虚、内敛、谨慎。

多年以来，我想我也是一堵粉墙，只是该压在我头上的黛瓦还在窑里烧，所以我就难免不从容不谦虚不内敛不谨慎了。前面说过，年代的长短，位置的阴阳，雨痕，树荫，藤影，人家的气息，夜与昼，都会使视线之内的粉墙和而不同，现在再往下说。年代长的粉墙，它的白色像是老照片上的白色：从发黄的情境中挺身而出的那小块白色。年代短的粉墙，它的白色像是会劈面的白色、会扑鼻的白色。位置受阴的粉墙，它的白色像是纯棉织品上纤维的白色。位置向阳的粉墙，它的白色像是在飞机上看云的白色。雨痕逶迤的粉墙，它的白色像是从初夏的水稻田里路过的白色。树荫下的粉墙，它的白色像是把梨子皮削掉的白色。藤影中的粉墙，它的白色像是咬出的白色。人家的气息里的粉墙，它的白色像是吃早饭时候的热气腾腾的豆腐浆的白色。夜的粉墙，它的白色像是阁楼上的白色。而昼的粉墙，它的白色像是刚被发明的白色。

白色。
白色。
白色。虽说粉墙只有一种颜色：白色，它却一点也不单调，甚至比苏州姜思序堂生产的国画颜料更为神奇，传统品种也就是花青、藤黄、胭脂、朱砂、石青、石绿、赭石、银朱这几种，但一到画家手下，就调合得出奇花异卉灵岩怪石：

绯红，用银朱、紫花合。

桃红，用银朱、胭脂合。

肉红，用粉为主，入胭脂合。

柏绿，用枝条绿入漆绿合。

黑绿，用漆绿入螺青合。

柳绿，用枝条绿入槐花合。

官绿即枝条绿。

鸭绿，用枝条绿入高漆合。

月下白，用粉入京墨合。

鹅黄，用粉入槐花合。

柳黄，用粉入三绿标，并少藤黄合。

砖褐，用粉入烟合。

荆褐，用粉入槐花、螺青、土黄标合。

艾褐，用粉入槐花、螺青、土黄、檀子合。

鹰背褐，用粉入檀子、烟墨、土黄合。

银褐，用粉入藤黄合。

珠子褐，用粉入藤黄、胭脂合。

藕丝褐，用粉入螺青、胭脂合。

露褐，用粉入少土黄、檀子合。

茶褐，用土黄为主，入漆绿、烟墨、槐花合。

麝香褐，用土黄、檀子入烟墨合。

檀褐，用土黄入紫花合。

山谷褐，用粉入土黄标合。

枯竹褐，用粉、土黄入檀子一点合。

湖水褐，用粉入三绿合。

葱白褐，用粉入三绿标合。

黎褐，用粉入土黄、银朱合。

秋茶褐，用土黄、三绿入槐花合。

鼠毛褐，用土黄粉入墨合。

葡萄褐，用粉入三绿、紫花合。

丁香褐，用肉红为主，入少槐花合。

我把王绎《调合服饰器用颜色》略抄一下。"用"粉墙"入"黛瓦，苏州它也早已"合"了。"用粉入螺青、胭脂合"，是"藕丝褐"，苏州是根藕丝，藕断丝不断，回忆是苏州最好的画家，最好的颜料商。

文章到这里本没什么好写，但我略抄之后心生喜欢，简直像抄《花间词》，觉得内心里的那个读者还没走，就再写几句。王绎生活在元末明初，擅长画人物肖像，著有《写像秘诀》。《写像秘诀》这书我没见到，《调合服饰器用颜色》一节从《六如画谱》抄出。

《六如画谱》据说为唐伯虎所辑，我是不相信的，太杂乱无章，而且不仅仅审度不精，还辑录了让人不高兴的《画说》，"三字一句，鄙俚不堪"。

　　我倒没有不高兴，托名荆浩所作《画说》，在我看来，很可能是民间画工口诀，其中让人不明白的句子，无非是行话。就像苏州姜思序堂传人薛庚耀总结制作国画颜料的"十大要诀"，比如"矿渣淘清植物泡够"，这我还有点明白，因为制作国画颜料的原材料不是矿物就是植物，而像"倾倒有度眼到手到"，我不是颜料行的，自然就不知所云。既然写到姜思序堂，我就又要往下写了，内心里的那个读者想走就走，我不管。我家住彩香新村，以前上班的地方在桃花坞，从石路走，总会路过姜思序堂，姜思序堂门面隔壁是近水台（一家经营面食的百年老店）。这是姜思序堂的新门面？姜思序堂原先开在东中市都亭桥一带。东中市都亭桥一带我比较熟悉，马路一侧有不少小吃店，有家小吃店的"馄饨千金"是我朋友的学生，他们师生恋了一阵，我朋友曾经请我去考察她。记得"馄饨千金"十分乖巧，脸蛋宛如一只白壳鸡蛋。写远了。还是回到姜思序堂。那几年我每次从姜思序堂门前路过，对这家老字号心怀好感。后来它不知怎么地卖起涂料、油漆，店堂里摆满邋里邋遢的塑料桶、铁皮桶。后来再路过，连姜思序堂也不见了。偶然听人说起，姜思序堂已搬到虎丘附近。是不是如此，我不清楚。最近又听说姜思序堂被外来商户抢注,市面上兜售的"姜思序堂"国画颜料,实在与姜思序堂没有关系。这么一个著名作坊,当今苏州……[此处删去愤激之词若干,大家理解(老车自注)。]

我从没用过姜思序堂国画颜料,我在等着自己哪一天画得好一些后再用,否则会觉得暴殄天物。平日我用上海产快餐似的锡管国画颜料。更多时候,我什么颜料也不用,宣纸之上只拿些水墨散步,这是我在怀日北京的粉黛,有人说好,我就卖给他。

门泊东吴万里船

如果要编一本苏州诗选,一般会从陆机《吴趋行》开始。这个头开得好,陆机在钟嵘《诗品》中名列上品,有"才高词赡"和"举体华美"之誉。他的《吴趋行》:

楚妃且勿叹,齐娥且莫讴,四座并清听,听我歌吴趋。

这个头也开得好,有幽默感,让我想起快板书:

打竹板,竹板响,听我把××讲一讲。

我疑心民间艺人就是从陆机那里学来的。我们总是强调文人向民间学习,其实民间也从文人那里学到不少。江西的民间说唱艺人常常一开口就是黄庭坚诗句,连听者也浑然不觉。

《吴趋行》里有一句"土风清且嘉",就是顾禄《清嘉录》的由来。

说实话,《吴趋行》写得并不好,不如陆机有关北方的作品。而李白《乌栖曲》在李白所有诗歌中,也是一首好诗。李白对"吴王宫里醉西施"的神往,也是对中国文化青春期的赞美。有人以为这首诗暗含针砭,因为《乌栖曲》第一句是"姑苏台上乌栖时"。其实乌鸦起码在宋朝之前,并不被人认为不祥之物,甚至还能报喜,像喜鹊似的。古琴曲《乌夜啼》为我们存留个中消息,而下面将说到的张籍就有一首《乌夜啼引》,中有"少妇起听夜啼乌,知是官家有赦书,下床心喜不重寐,未明上堂贺舅姑"云云,也是例子。

张继《枫桥夜泊》太有名了,以致顾颉刚这么说:"山东王子容来游寒山寺,大懊恼,谓受诗人之骗"。《枫桥夜泊》有欧阳修的公案,老生常谈。现代文学的废名大师也有他的看法,一般人不留意,我摘抄几段:

我在一篇小文里讲到"夜半钟声到客船",据我的解释是说夜半钟声之下客船到了。据大家的意思是说夜半的钟声传到客人的耳朵。我的解法,是本着我读这诗时的直觉,我不觉得张继是说寒山寺夜半的钟声传到他正在愁眠着的船上,只仿佛觉得"姑苏城外寒山寺,夜半钟声到客船"这两句诗写夜泊写得很好,因此这一首《枫桥夜泊》我也仅喜欢这两句。我曾翻阅《古唐诗合解》,诗解里将"到客船"也是作客船到了解，据说这个客船乃不是"张继夜泊之舟"，是枫桥这个船埠别的客船都到了，其时张继盖正在他的船上"欲睡亦不能睡"的光景，此点我亦不肯同意，私意确是认为是张继的船。

废名写来有些饶舌，我也懒得摘抄了，这篇文章的题目就叫《关于"夜半钟声到客船"》。

我小时候，第一次得到的拓片，就是俞樾所书《枫桥夜泊》刻石。我不喜欢俞樾的字，有福气，没有才气。我喜欢宁愿一辈子都没有福气，但到老也不缺才气。功力另当别论，因为每个时代对功夫的理解有所不同，而对福气与才气的理解却变化不大。

张籍有《送从弟戴玄往苏州》一诗，中有"夜月红柑树，秋风白藕花"一联，不错，尽管所写之景放到哪里几乎都能通行，并没有苏州特色，但还是不错。网师园里有座濯缨水阁，这"濯缨"两个字本来就露，加上郑板桥"曾三颜四，禹寸陶分"对联，就显得滑稽。"曾三"指曾参"吾日三省吾身"，"颜四"指颜回"四勿（非礼勿视非礼勿听非礼勿言非礼勿动）"，"禹寸陶分"则出于《晋书·陶侃》，陶侃说："大禹圣者乃惜寸阴，至于众人当惜分阴，岂可逸游荒醉，生无益于时，死无闻于后，是自弃也"。所以陶侃一有闲暇，就把百十来只大缸早晨搬到门外，晚上又搬回去。有人奇怪，他说，人的生活优逸了，以后恐怕不胜人事。陶侃没错，这副对联也很好，只是这样入世的热情放在苏州园林里，就与园林精神不符，贴到政府办公室比较合适。"夜月红柑树，秋风白藕花"一联，挂在濯缨水阁，才差不多。

有句话"苏州刺史例能诗"，因为唐朝的韦应物、白居易和刘禹锡都做过苏州刺史，这三人不但是诗人，还是大诗人。韦应物更被称作了"韦苏州"。他的《郡斋雨中与诸文士燕集》的最后四句：

吴中盛文史，群彦今汪洋，方知大藩地，岂曰财赋疆。

一般说来官样文章都面目可憎，韦应物这几句话也是官样文章，却说得动听。这就是大诗人。由此可见，苏州很早就两手硬，不但经济硬，文化更硬得像童子卵。

白居易"绿浪东西南北水，红栏三百九十桥"（《正月三日闲行》），写的确是苏州。在我看来，还应该是苏州今后重建的规划。

"苏州刺史例能诗"这句话，出自刘禹锡酬答白居易的一首诗，白居易正任苏州刺史，全诗（《白舍人曹长寄新诗，有游宴之盛，因以戏酬》）如下：

苏州刺史例能诗，西掖今来替左司。二八城门开道路，五千兵马引旌旗。水通山寺笙歌去，骑过虹桥剑戟随。若共吴王斗百草，不如应是欠西施。

  这首诗气魄不小，只是不像写苏州，倒像在演京戏，"二八城门开道路"是《空城计》，"五千兵马引旌旗"是《定军山》，"水通山寺笙歌去"是《白蛇传》，"骑过虹桥剑戟随"是《穆桂英挂帅》。或者说他写的也是苏州，只不过不是唐朝的苏州，而是春秋时期的苏州，写这首诗时的刘禹锡还没到苏州，但肯定把《吴越春秋》先学习了，这首诗有后汉赵晔《吴越春秋》的笔法。什么笔法？小说家笔法。

  以前的诗人，不来苏州荡，不写苏州诗，就算不上出道，杜甫没来过苏州，着急啊，凑出一句"门泊东吴万里船"后，心情方好起来。

苏州女人和苏州男人

"女士请，女士先请！"

苏州女士先请。

苏州并没有多少绝色佳人，苏州女人的容貌水准普遍较高，在这么个水准中，要出落拔尖得出类拔萃，就不容易。不像有些地方女人的容貌水准普遍较低，那地方往往出美女，因为不均匀，好处尽往一两个女人身上奔跑而去。

苏州也并没有多少难看女人，除容貌的"均贫富"外，苏州水土也颇有大师风度，像陆游，写作近一万首诗，质量大致衡稳，不见明显落差。

苏州女人十分能干，其实中国女人都十分能干，只听说家道在男人手上衰落，没听说女人把家败掉。不但能干，还常常能干好。范仲淹这个家族，不就由一个寡妇一手拉扯而大？

旧社会的苏州女人像全中国女人一样。后来妇女解放，苏州女人的解放程度在中国就首屈一指了，首屈一指或许说不上，那也名列前茅。解放得早，负担就少，再加上苏州气候又不寒冷，又产绫罗绸缎，所以苏州女人一般都能轻装上阵。用个比喻，苏州女人像是轻骑；再用个比喻，苏州女人像是空心菜，朝气蓬勃，骨头都鲜嫩碧绿。

旧社会的苏州女人只得在家里嗑瓜子，一嗑两爿，客堂地上瓜子壳黑压压一片，不露一点白。不但旧社会的苏州女人在家里嗑瓜子，旧社会的中国女人大多数也是在家里嗑瓜子，能把瓜子嗑得如此身怀绝技，也只有苏州女人，她们虽说是解厌气，专注程度却并不小于刺绣，嗑嗑嗑，并且更带着烈火干柴般的热情。所以一旦得到解放，苏州女人的能量也就可想而知。有一种气概在男人身上不见得美观，在女人眼里就看得到它的魅力。苏州女人既能让男人闲着，又能让男人不闲着，男人不闲着的时候因为爱苏州女人，闲着的时候也因为爱苏州女人。苏州女人能让人爱，俗话说"讨人欢喜"，尤其是讨外地男人欢喜，这是苏州女人的特长。

上面说到瓜子，从一个城市瓜子销售量上，能看出这个城市妇女解放程度。据说现在采芝斋"玫瑰西瓜子""奶油西瓜子"卖不大动，我听了心里高兴，说明苏州女人都在工作，没有因为解放得早，就停止进步，没有让男人豢养，而一些大城市却刮起一股闲妇之风，苏州女人不受影响，可以在妇女解放史上继续记上一笔。

苏州女人瓜子是不嗑了，但喝起酒。起码是我认识的一些苏州女文学艺术家都会喝酒。我走过几个地方，从没见过有像苏州女人把酒喝得那么豪爽的。京城里的几位资深编辑说，苏州女人喝酒太厉害了，拿着一大杯烧酒，说敬敬你，一口就干。关键是喝酒之后，还能工作。

我对苏州女人所知甚少，写不好。

快，跟上！苏州男人。

天生男女共一处。写完苏州女人，我就该写写苏州男人。但我知道我也写不好。因为我就是苏州男人，不识庐山真面目。

我自认为我这几年在北京，是做了点宣传苏州地方文化工作的，主要向北方姑娘推销苏州男人。"推销"这个词用得不好，好像苏州男人娶不到老婆。应该说成"介绍"。我这几年一有机会，就向北方姑娘介绍苏州男人。

我说"吃在成都，嫁在苏州"，一个姑娘家能找个苏州男人做老公，那是前世积德，甚至是几代人的努力。

有的北方姑娘被我吊起胃口，就问苏州男人好在哪里？

我一般在介绍苏州男人之前，捎带着先介绍介绍苏州，然后再说男人。

我说苏州男人……现在要用文字记录，反而不知从何写起。那就写到哪里是哪里，缘分吧。

我说嫁给苏州男人的好处之一，可以免除后顾之忧，苏州男人都会下厨房，你不让他下，他对你急。如果嫁给其他地方的男人，他要等你回家后由你烧煮喂食，而嫁给苏州男人，你一回家就能吃到热乎乎的汤汤水水，比上饭店还舒服，关键是你根本不用操心买单。嫁给苏州男人，等于嫁四个人，你嫁了一个苏州男人，你还嫁了一个饭店老板、一个饭店厨师和一个饭店服务员。嫁一个不容易，一下同时嫁四个，已经稳赚，最起码绝不赔本。

我说嫁给苏州男人的好处之一，男人酗酒是北方的社会问题，苏州男人不酗酒，许多苏州男人别说让他酗酒，就是种卡介苗，酒精在他胳膊上那么一擦，他就醉倒。所以苏州医院里的麻醉师常常闲着没事，根本不用他去麻醉，只要叫护士给准备动手术的苏州男人看一眼碘酒，就确保他人事不省。你想想不喝酒能省多少钱？嫁给苏州男人，等于嫁给煤气罐——他为你做饭，等于嫁给储蓄罐——他为你存钱。

我说嫁给苏州男人的好处之一，他决不会对老婆动手，内心里还盼望着被老婆痛揍，如果他觉得自己做错什么事情，你不打他，他还会愤愤不平，老婆怎么如此残忍，都不打我了？苏州男人怕老婆，是苏州的伟大传统，这点我已于《在苏州梦游》里说过，这里就不多说。我要说的是嫁给苏州男人，等于嫁给出气筒。苏州男人不但对家庭做出贡献，也对社会做出贡献，女人们的气都能打一处去，社会也就稳定一半。嫁给苏州男人，往大处说，等于嫁给和谐社会。

我说嫁给苏州男人的好处之一，苏州男人普遍温柔，有刺绣的、唱昆曲的、说书的，这样的男人不温柔，谁温柔？嫁给苏州男人，等于嫁给一床鸭绒被。

诸如此类。我通常一次只说一条，因为北方姑娘都很聪明，是真聪明，不是苏州姑娘小聪明，她们自然会依此类推。也有将信将疑的北方姑娘，相比苏州姑娘，她们的确实在，她们说每个产品总有它不尽人意的地方，那么他们的缺点呢？

我说这得让我想想。有一次真让我给想起，我说苏州男人的缺点，就是他不能解开上装，给孩子喂奶。

香樟树与桂花

苏州：市树香樟树，市花桂花。

香樟树和桂花都是常绿植物，也都有香气。苏州与香樟树和桂花大致门当户对。香樟树和桂花，在我看来其中还有生生不息、代代相传的气象。以前嫁女儿，要用樟木箱陪嫁，古往今来我们嫁了多少女儿，香樟却并没有绝种；而吴刚是有法力的人，天天在月亮上伐桂，也没有砍完。由此证明香樟树和桂花的确具有生生不息、代代相传的气象。

有关桂花，李渔如此说：

秋花之香者，莫能如桂。树乃月中之树，香亦天上之香也。但其缺陷处，则在满树齐开，不留余地。予有《惜桂》诗云："万斛黄金碾作灰，西风一阵总吹来。早知三日都狼藉，何不留将次第开？"盛极必衰，乃盈虚一定之理，凡有富贵荣华一蹴而至者，皆玉兰之为春光，丹桂之为秋色。

　　尽管李渔说的是桂花，我说的不仅仅是桂花——因为桂花是开在桂花树上的。

东山杨梅

杨梅上市的日子,身上衣衫正薄,好觉得一阵通脱。杨梅有白、红、紫三种,这三种颜色的杨梅都好看。白杨梅像是少年,有些害羞;红杨梅还是不解风情的样子;紫杨梅红尘滚滚个中走过,以致红得发紫,自有一番经历,味道也甜得警觉且老到。荔枝的甜是腻甜、发嗲的甜;甘蔗的甜是清甜、贫寒的甜。而在紫杨梅的甜中有夜色与明月共同降临。

好事者把橄榄称为"谏果",梨称为"快果",有人是把杨梅叫做"君家果",只能算是故事,并没说出杨梅特点。我也好事一把,把杨梅叫做……不叫了,杨梅就是杨梅,一好看,二好吃,三回忆起来有意思。不是什么水果都能又好看又好吃又回忆起来有意思的。芒果是好看好吃但回忆起来没意思,核太大了,周围纤维有股子粗俗气。杨桃是好看但不好吃,幸亏回忆起来还有点意思(鲜质粼粼的杨桃竟然没有杨桃蜜饯好吃。通常水果做成蜜饯后就像神童长大,小时了了，大未必佳。而杨桃是顽童接受蜜饯教育，出落为杂货店里抢手的零食博士）。和杨梅一样又好看又好吃又回忆起来有意思的，是水红菱。有没有一不好看二不好吃三回忆起来一点意思也没有的瓜果？有，当然有，傻瓜和后果就是一不好看，二不好吃，三回忆起来没有意思。

苏州人都知道这句话，"东山杨梅西山枇杷"，不是说东山不出枇杷，西山不出杨梅，是说东山杨梅好吃，西山枇杷好吃。但我疑心这是互文。东山在太湖边，是个半岛；西山是太湖里的一个岛，应该说东山西山都是秉承太湖灵气，彼此望得见，只是由于地气，也就难说。以我旅行经验，北方地气浑然，行个两三百里，杏子李子枣子的味道并没多少变化，语言也大致相同，而到南方，尤其江南，地气顿时敏感，事情语言，千差万别。无锡与苏州半小时路程，无锡就能出上好的水蜜桃，苏州出不了，无锡方言苏州人也不是全能听懂。水流多的乡国，差异性就大。干燥的地方多是白杨树，水分充足之处奇奇怪怪的植物都有。

常言"得天独厚"，苏州则"得水独厚"。

初夏天气，东山果农就挑了担来苏州城里卖杨梅，有散装的，也有一竹篓一竹篓卖的。那竹篓圆柱形，上部比下部稍粗，十分田园。竹篓口上盖着"杨梅草"，一种蕨类，叶子稀稀疏疏，细气，饱满的杨梅透出光来。

买一竹篓回家，竹篓上部的杨梅鲜吃，竹篓下部的杨梅用来浸酒。果农装竹篓的时候，人之常情，会把上好的杨梅放在上层。也不一定，或许是品质稍逊风骚的杨梅自愧不如，主动跑到竹篓底下躲了起来，让大人物浮动在公众面前。

清水里撒一把如雪吴盐（完全瞎说，现在哪有吴盐），洗或紫或红的杨梅。白杨梅是杨梅中的逸品，苏州并不盛产。苏州盛产的是走红发紫的杨梅神品。我在苏州吃到过的白杨梅，都从浙江运来。洗好的杨梅放进竹编器物，沥水，撒盐，盐在杨梅的肉身恍兮惚兮，随类赋彩，盐也粉红。以前我读古人笔记，读到"红盐"条，心里喜欢。掂匀了盐，坐到葡萄架下慢慢吃，这时候，架上的葡萄还是粒粒硬青。

要在苏州城里买到东山果农的杨梅，只有去南门，这当然是前几年的事了，现在是不是如此，我就不太清楚。他们在南门吴县长途汽车站附近，卖完杨梅，就乘车回东山。运气好的话，也会在沧浪亭、三元坊、饮马桥一带遇到从东山来的卖杨梅的果农。我从没在察院场看到过他们，初夏天气，在察院场口腔医院附近慌里慌张向外地人兜售杨梅的都是二道贩子，除去价钱昂贵，还会把不知道产于何方的杨梅说成东山杨梅。一不留神牙就酸倒，所以要在口腔医院附近买卖，这也可以看出苏州人天性善良，即使不厚道如二道贩子，也还是心存慈悲。仪征有卖河豚鱼的，那才是大手笔，在火葬场对面开店。苏州的二道贩子与他们相比，不够气派。

前面说过，竹篓下部的杨梅用来浸酒，烧酒浸之，或加冰糖，或放白砂糖，越陈越好。夏日误食不洁，肚疼腹痛，喝下几口准保管用。

我在苏州的饭店酒楼里从没吃到过杨梅烧酒，有一次在杭州西湖边吃到，虽然这杨梅烧酒滋味差远，但也有种悠悠往事。老式家庭的亲和力，在我看来，很大程度上与长辈们加工食物有关，比如现在一到夏天，我就想念祖母浸的杨梅烧酒；比如现在一到冬天，我就想念妈妈炒的雪菜冬笋。常常是这么一想，我就回苏州了。

西山枇杷

枇杷很入画。我见过吴昌硕画枇杷,还题一首诗,另外几句我都忘记,只记得"鸟疑金弹不敢啄",麻雀以为枇杷是弹丸,那当然吃不得。这个句子,可以说不乏想象,也可以说挖空心思,但总显得笨拙,不够通透。而这句诗的出处或许还和我们苏州有关,沈周咏枇杷,有"山禽不敢啄,思此黄金弹"之句。

枇杷叶是锯齿形的,金冬心画枇杷叶,画成一把锯条,也很笨拙,但笨拙得有天真趣。齐白石画枇杷叶,用浓墨在叶子周围打点,跟打鼓似的,十分好听。

枇杷入画,就因了这枇杷叶。

我在苏州吃到的枇杷有两种,皮泛橘红的名"红沙"枇杷,而黄里露白像凝着层秋霜的,称"白沙"。

我喜欢"白沙"枇杷胜过"红沙"枇杷,自然是有原因的,但这原因一说出来,自己先觉得好笑。因为有个古人叫陈白沙,我喜欢他的书法。他使的笔很特殊，称名"茅龙笔"，据说是用茅草做的。

枇杷不但入画，还入园。不是随便什么树都能往苏州园林里种植，毕竟不是绿化。我在苏州园林里没见过杨梅树，枇杷树是见得到的，怡园"晚翠"一角，有衣裳洁净的诗情画意。

我从通关坊出来，横穿人民路，走进大石头巷，原先苏州市法院门口有棵楚楚动人的白皮松，白皮松是松树中的花旦，有一段娇艳。黑松是花脸。罗汉松是老生。松树中我喜欢白皮松和罗汉松（我一直以为罗汉松是松树，其实不是），至于五针松、锦松之类虽奇奇怪怪，但总谨小慎微。大石头巷里有条侧巷叫"牛车弄"，这名字好玩。我走完大石头巷，横穿东美巷与西美巷交接口，进入柳巷。柳巷比大石头巷稍微窄一些，柳巷里并没有柳树。走完柳巷，横穿养育巷，进入庙堂巷。庙堂巷口有爿烟纸店，店铺是老房子，造型写意，宛若一顶被风被雨打歪的斗笠。走完庙堂巷（我现在已经记不清在庙堂巷与剪金桥巷之间，有没有另一条小巷，记忆里庙堂巷直通到底，像根手指点在剪金桥巷的眉心），进入剪金桥巷，左侧有一堵青砖残墙，墙里有棵大枇杷树，是我所见最美的一棵枇杷树，因为青砖残墙的缘故，因为剪金桥巷里的路灯照到它的缘故，枇杷树在路灯照耀之下，形成一圈一圈浓绿。我说那棵枇杷树最美的缘故，还因为剪金桥巷里住着我的朋友小祝，他有许多藏书，常常慷慨地借我阅读。他还送书给我。在他家附近，一座石桥是有年头的，过这石桥，是学士街。

　　枇杷核极大，却不粗俗，乌亮炯炯，如童子眼神。一纸袋枇杷吃掉后，再用这纸袋装核装皮装梗，就再也装不下。枇杷梗银毛茸茸，苏州有种模仿它的小点心，江米条油炸后挂一层白糖——这种小点心就叫"枇杷梗"。

小巷小巷小，巷小巷小巷

苏州没有小巷，就像人脸没有五官。没有五官的脸肯定不是脸，只能是鸡蛋。而没有小巷的苏州是什么呢？我没想过。

我手边没有亦然兄《苏州小巷》一书，他刚寄给我，就被朋友要走。我说不行不行，上面有薛亦然的客气话"请车前子指正"，我朋友拔出钢笔，另写了一行"车前子转请××指正"，以其人之道还治其人之身，当初他的一本藏书就是被我如此抢来。怨谁呢？我手边也没有苏州地图。我在苏州居住三十年，但要我一下说出许多巷名，却也不容易，仿佛要把祖父祖母伯父伯母叔叔婶婶阿姨舅舅堂哥堂弟堂姐姐堂妹妹表哥表弟表姐姐表妹妹的生辰八字统统记住一样困难。

我试着说说，看我能说出多少？

调丰巷。土堂巷。富仁坊巷。横巷。阔巷。吉由巷。邵磨针巷。北局。第一天门。太监弄。牛角浜。悬桥巷。乔司空巷。醋库巷。

紫兰巷。幽兰巷。豆粉园。通和坊。吴殿直巷。白塔东路。白塔西路。锦帆路。皇废基。公园路。园林路。桐芳巷。坝基巷。肖家巷。蓇葖巷。曹胡徐巷。马医科。接官厅。百花洲。学士街。梵门桥弄。瓣莲巷。花街。柳巷。临顿路。司前街。镇抚司前。水潭巷。枣市街。干将坊。穿心街。前梗子巷。后梗子巷。长春巷。三元坊。沧浪亭街。养蚕里。杀猪弄。仁德里。万人码头。南浩街。皮市街。打铁弄。桃花坞大街。官宰弄。滚绣坊。青石弄。十梓街。十全街。

想不起来了。有的还不能说是小巷,比如十全街。

我学龄前在幽兰巷零星住过,现在想起来那也是个私家园林,有水池,有假山……园林后面部分是个土坡,土坡上有道竹篱笆,篱笆那一边据说是谢孝思一家。对豆粉园这条小巷却没有什么印象,只记得就在幽兰巷附近。但我对豆粉园这个巷名极有好感,曾经想把我的一本散文集名为《豆粉园集》。

有水一章

水与我还是亲缘。在我看来，水有两种，一种是躺着的，一种是站着的。躺着的水是江河湖泊，站着的就是井水。当然还有一种落水——"天落水"，也就是雨。至今民间也有把雨叫成"天落水"的。

《东坡志林》里有《论雨井水》：

时雨降，多置器广庭中，所得甘滑不可名，以泼茶煮药，皆美而有益，正尔食之不辍，可以长生。其次井泉甘冷者，皆良药也。

苏东坡把雨水井水都当成药，所以明朝以来人唤苏东坡"坡仙"。仙人就是吃药吃出来的，圣人就是克己克出来的，诗人就是发疯发出来的。傅斯年说中国沉闷寂灭到了极点，其原因确是疯子太少，在我看来也就是说诗人太少。连诗人都没能力石破天惊，秋雨又有什么好逗的？

因为我居住的城市独独不缺水，记忆里也就没有"多置器广庭中"这一回事，难免隔膜。书上是看到过的，（如果）记得不错，泻药要用雨水煮，雨水利下；补药要用井水熬，井水性藏。但终于没有试过。夏天暴雨，我们就被大人关在家里，说暴雨淋不得，这雨水毒。现在似乎已被科学证明。我至今相信中国传统或者说民间的直觉能力，这一点对我的写作极有影响。

那时候最为常见的伞是油布伞，伞骨竹篾，伞面是粗布上抹着层亮晃晃桐油，桐油的颜色有点像白娘娘喝了原形毕露的雄黄酒的光泽。我那时候喜欢法海而惧怕白娘娘，心想以后娶个老婆也是条蛇，该怎么办！看来我对婚姻的恐惧由来已久却又很喜欢，这是一种期待变故的热情吗？还有油纸伞也很常见。

我最初听到的好声音，与雨水有关。春雨在屋瓦上沙沙飘着，从檐头落入吊桶里，"叮"，现在想起这声音，还觉得是好声音。我有一年写诗，就希望我的风格是"春雨在屋瓦上沙沙飘着，从檐头落入吊桶里，'叮'"的风格，但总"叮"不好，无端端鼓出大疱，"叮"也是"叮"，蚊子之文字所"叮"。从今往后，我再不"叮"啦，索性破罐子破摔，"哗啦"。

而我与井水还更亲缘一些。前几天偶读周密《浩然斋雅谈》，一上来就是"井"，他说有一种鱼善食水虫，故人家井内多畜之。

我就想起我的姑祖母,她常常会在井里养几条鲫鱼,说用来吃水虫(过几天她再把鲫鱼吃掉,又养新的)。我问为什么不养其他鱼,姑祖母说只有鲫鱼不会弄腥井水。她还说井里养鲫鱼,要养最起码两条,养一条过不了夜。印象里也的确如此。

我是在井里养过金鱼的,井水照着蓝天白云,幽幽的自然有一段富贵郑重。今天早晨吃到云南大头菜,觉得好久没吃,心里竟也生出一段富贵郑重。我的富贵很便宜,富贵也有忘形之美。

在我故乡有一种风俗,就是从井里吊出来的井水,不能再倒回到井里去,说会生虫。

我小时候除了怕白娘娘,还怕老虎。我要到井边玩,大人就会喊:

"快过来,井里有老虎"。

以至于我在童年时代一直以为老虎跟鱼一样,都属于水里的动物。这虽说有点愚昧,倒也暗暗养育起想象力,尽管古怪。有一次朋友让我解释解释我写的一首诗,我说这就是井里有老虎,朋友更不明白了。我现在和盘托出,他该明白了吧。

古代有一个词"井华"(或称"井华水"),是说早晨吊的第一桶井水,就叫"井华",擅治口臭。它可以治许多病,至于还能治什么病,我就不记得了。但我记得能用早晨的井水治眼病,倒不一定非是"井华"不可。

《易经》有"改邑不改井"云云，在我看来，说到世俗生活中的诗意。我不求甚解，常常把"背井离乡"想成一个人身背着一口井远离故乡，这多好玩，你们背米背盐，韩信背剑，郭楚望背琴，猪八戒背媳妇，而他背的是一口井，多不容易。

水 井

没有什么地方的水井有苏州这里多。苏州水井不但多，而且还多种多样——在形式上：独井；双井；三眼井；四眼井；七井，七井在中张家巷梵授寺前河中，各有巨石掩之，嘉庆十九年涸，见之（见顾震涛《吴门表隐》卷二）。有七井的地方还不是一处，自跨塘桥直北至齐门，有古井七口在路傍，以压城中火患（见《吴门表隐》卷十一），这是不是风水井？我不知道。

三眼井有排成一列的，也有写出个"品"字：品字井。品字井在汤家巷中，明申用懋记勒石（见《吴门表隐》卷十一）。这申用懋是万历癸未进士，官至兵部尚书。爱听弹词《玉蜻蜓》的人都知道申时行，申用懋就是他儿子。

还有"井挑桥，桥挑井"的，昔人谚云："出娄门，九槐村（有九棵唐朝时候的槐树，清朝的时候还幸存两棵），井挑桥，桥挑井"。所谓井挑桥，是指桥底有井；所谓桥挑井，是指桥两块都有井（详见《吴门表隐》卷四），但他注解的时候，说错了，正巧颠个倒。

有画意的井叫凤眼井，在凤凰山下，甚小，土人汲以缫丝，甚佳（见《吴门表隐》卷八）。只知道酿酒重视水质，原来缫丝也是如此。汲井水以缫丝，是一幅好图画。

有的巷名就以井为志：大井巷，大井巷即大酒巷，唐人与此酿美酒处（见《吴门表隐》卷四），那么这就尽可以给我想象了。西北有个酒泉，我特意跑去一喝，一点酒味也没有，甚甘冽，倒可以解酒。我就把大井巷里的井想象成酒井，唐朝的苏州刺史大诗人韦应物沽酒泼井，井也就成酒井，北有酒泉，南有酒井。双井巷。

顾震涛《吴门表隐》，多有对井阑石刻的记录，他还搜集他人记录，这在其他地方志书里却不多见："墨池园井阑石刻有'宋□祐七年腊月□兀判司宅重修'等字""朱长巷井阑石刻有'义井'两大字，'元大德八年六月旦日盛带住坐二十八王大妈舍财造'等小字"。这两条见顾震涛《吴门表隐》卷三。井阑现在通常叫井圈，或者叫井阑圈。

井圈又特别好看。宋朝的井圈静穆，仿佛吃素的老居士。明朝的井圈简洁。清朝的井圈只图实用功能。它们都是石头的。走在小巷里，看到井圈，像看到大地的眼睛——朝井里望一眼，也是天空的眼睛。

有象形的石井圈：一只北瓜似地清供在清水之上。这个我见过。

有把井圈做成扇子形的，而这只是我的猜测。扇子井在雍熙寺大殿后西首，吴周瑜故迹，久旱不竭（见《吴门表隐》卷七）。我想这扇子井没有典故的话（比如落瓜桥），就可能是把井圈做成扇子的形状。如果是三国时期就叫扇子井，井圈一定是宫扇的样子吧。因为那时候折扇还没从高丽传入中国。

一些井圈内壁凿了一条条直杠，吊桶的绳子沿着直杠下滑，方便吊水的人，但也不一定方便。这样的井圈它先破相，自然显得丑陋。

苏州完全可以做一个水井博物馆：有关水井的图片、资料、艺术片；挖井工艺；淘井技术；让参观的人学习吊水——我想现在的孩子大都不会吊水了；井圈陈列；等等等等。

前几年，我建议苏州做一个小巷博物馆。如果资金缺乏的话，水井也可以作为小巷的一部分，做在小巷博物馆里。水井是比小巷更古老的物事，在我看来，城市是从水井开始，水井也就是城市的滥觞。靠水而居是对环境的利用，而知道挖井这才是人类的创造和发明。苏州水源丰富，还挖如此多的水井，说明苏州人具有浓厚的城市意识。我这有点胡说八道。以前苏州人挖井，像修路造桥一样，是为积德："狮林寺巷大井头井阑石刻文有'圆明院伏承湖州路长兴州至德乡第四保施主章尧、丁一父母、丁七五郎、丁五八母、丁七三郎、丁寿□郎名同妻顾氏,同施净财,开义井□功德,各家保扶,身宫康泰,寿算增崇者'"(见《吴门表隐》卷十)云云。也有为了超度亡灵。

甲辰巷的甲辰塔

甲辰巷在苏州相门内,巷名像个立轴。甲辰巷里有座甲辰塔,甲辰塔更像个立轴。此塔五层,青砖砌筑,高六点二八米,仿佛粉墙黛瓦的平房失眠之夜搭出的积木。

甲辰塔不知建于何时,有专家认为约在唐末和五代年间。我想甲辰塔这"甲辰"两字,是不是可以给出推测,我把它定在公元944年,也就是岁在甲辰,吴越钱弘佐为王时期。如此算来,要有一千余年了。

甲辰塔的前面,是块空地,逐渐有人建屋成巷,巷没有名字,大家就以甲辰塔的"甲辰"两字叫喊起这条小巷。

小公园和大公园

我儿时住在小公园和大公园之间，那两个地方可以说常去，所以也就比较熟悉。我对苏州不是很熟悉，少年时代，年幼无知；青年时代，自顾不及，也就没什么心情去了解它。但还是有些熟悉的地方吧，俗话"穷归穷，家里还有三担铜"，好歹是个苏州人么。

小公园那时候是十里洋场，苏州的一等繁花地：人民商场，开明大戏院（那时候已不叫这个名字），电影院（名字我也忘了，一共有三家），苏州书场，食品店，牛奶冰激凌店……像一队猎人从四面八方围拢过来，围拢到一半，忽然止步，但已经围拢出一个圆圈，这个圆圈就是小公园。我想起小公园，不知道为什么就想起小公园晚上，灯光与人脸是一样的冷清，但一点也不死寂，仿佛在暗暗地积聚明朝的热气。我看到许幸之一幅画（他是《铁蹄下的歌女》这首著名歌曲的词作者，生前是中央美院教授），画的是比利时街头夜景，我总觉得许幸之画的就是小公园，我就认定许幸之是苏州人了，至于他是不是苏州人并不重要，就像爱尔兰一位诗人认为我是爱尔兰人一样。我想起小公园，首先想起的是苏州书场，这些年来我总有一种错觉，好像看到黄包车在苏州书场门口停靠一排——但我是没见过黄包车的一代，我是红小兵一代，所以说是错觉。我在苏州书场听过夜书（下午书也听过，只是对夜书记忆深刻，我想这是儿童的天性，对夜晚容易产生好奇，这在鲁迅《社戏》和周作人《村里的戏班子》里都能找到证明），烟雾腾腾，一地瓜子壳。那时候能听到的书，大多是根据样板戏改编的，我还是爱听，觉得语言比样板戏生动，情节也复杂。书票当时大概是一角四分钱一张，也可能是七分钱一张，我之所以有这个模模糊糊印象，是有一次我买两张票，请一个小伙伴同听，他父亲知道后，一定要把钱还我，我也不客气，我们两个马上去言桥头，买桃爿、橄榄分吃了。或许买的是杏仁酥，记不清。记不清我还不能乱说，因为我写的是随笔，不能空中楼阁。尽管我的随笔在行文气息上有点空中楼阁，这正是我的好处。

我读小学时候，有位邻居小阿姨初中毕业，她喜欢看电影，结果天遂人愿，分配到小公园一家电影院工作，起先做引座员，后来做放映员，再后来，她一说起电影，就想"复员"。我让她代买电影票，她都说不好看。有次我在小公园玩，见到首映阿尔巴尼亚故事片《伏击战》,我排队买到一张,她知道了,坚决要给我退票,她说这本电影没放一半,观众都会睡着。那时候看电影(包括看戏),进门就不能走,必须看完,尤其还是阿尔巴尼亚电影,不看完,这是破坏中阿两国人民友谊——门口有工人纠察队拿着一下可以装上四节大号电池的手电筒站岗。这种手电筒,看得我一眼不眨,我很眼红。

  人民商场我常去的地方,不是玩具柜台,不是食品柜台,我甚至有点害怕食品柜台,堆满宝塔糖和八珍糕。这两样东西我最讨厌,而大人偏偏买给我吃。我想讨厌吃宝塔糖和八珍糕的,不仅仅是我一个,全苏州的小孩在我看来都讨厌吃宝塔糖和八珍糕。全苏州的小孩联合起来,打倒宝塔糖和八珍糕!人民商场我常去的地方,是卖幻灯机幻灯片的柜台(当时好像和照相器材在一起),常常跑到那里张望,看玻璃柜台里放着的一套又一套幻灯片。我终于拿到压岁钱,一口气买了好几张幻灯片。那时候的幻灯片像说书一样,大多是样板戏,偶尔不是样板戏的,就是农业生产资料,上面画些五颜六色的害虫(是那个年代最鲜艳的色彩),让农民伯伯识别。当时工农兵在小孩中这样称呼:"工人叔叔""农民伯伯""解放军叔叔"。后来我参加美术兴趣小组,一画"农民伯伯",就画他个满脸胡子,有时候胡子画得太多太满,或者太长太流动,就像在他脸上打翻一碗阳春面。不,简直是在他脸上打翻了两碗阳春面。以致我后来真见到"农民伯伯",没见他有胡子(哪怕有一根也好啊),我就怀疑他是逃亡地主。

话说我买了几张《红色娘子军》幻灯片,她们是我童年所见到的最美女人,这几乎成为情结,就是情结,我现在还是对个头高大的女性容易产生爱慕之心。

小公园说完了。

大公园更好玩。

房　事

　　我躺在竹编的摇篮里看着大窗：一块骨牌凳面大小的玻璃，顺着椽势，斜斜嵌亮房顶。我躺在摇篮里知道什么？这当然是现在的想象。想象实在就是回忆。下雨时候，雨水在玻璃上条条淌流，像是刚洗完头发的姑母。夜晚来临，墨黑一壶溪水似地全压住这块玻璃，沉甸甸十足分量，我估计重九斤三两。九斤三两是我出生时候的重量，让长辈们骄傲一阵。我记得还能从天窗里看到星星，金黄的颜色，仿佛一粒赤膊水果硬糖，橘子味道的那种，很便宜的那种。

　　猫在房顶上走，大概受到天窗吸引，有时候也就停下来，阴险地透过天窗朝底下的房间里张望（我喜欢猫的原因是我觉得猫是阴险的），玻璃贴扁它粉红鼻子，形成一圈莫测的雾气，这是一只老肥猫，据说比摇篮里的我还长。房间里除了摇篮，还有梳妆台、樟木箱、骨牌凳、大床。我在房子里看不到，老肥猫在房顶上都能看到。这点不错。

夏天髦爪,我被放到大床上,四处云帐荡荡,花蚊在帐外神色慌张毫无风度。我隔着落些灰尘的略带青气的帐顶,朝上望去,天窗朦胧朦胧很好看。

后来稍大,觉得天窗能做成圆形多好。做成月牙状,更好。

我对房子最初的记忆就是天窗。七八岁时候,很想练出一种功,从天窗里钻出去,这不是说我被关在房子里不得出门,因为从门里走出去,算什么功?

有一年半夜里我惊醒,听见天井里的桂枝条折断,祖母搂我入怀,说下雪了。我望望天窗,上面一层甜白。我非要去天井里看下雪,那时候我自己还不会穿衣,祖母给我穿好衣服,塞给我一只粗瓷"汤婆子",让我抱着去天井里看下雪。井圈上全是雪,井里却还是乌冻冻的井水。我守在井边,一门心思等着雪把井水盖住,明早大人们吊水,吊上来的是雪,他们肯定张大嘴,惊讶得不得了,这多"好白相"。

"好白相"是"好玩"的意思;"汤婆子"是一种取暖器具,扁圆的,灌饱开水,一个晚上都烫。"汤婆子"有黄铜白铜粗瓷细瓷之分,后来逐渐被"盐水瓶"和热水袋替换了走,现在已经少见。有人说"汤婆子"应该写成"烫焐子",但哪有"汤婆子"有趣!

天窗用来采光,老房子的色调是灰暗的,配上粗瓷"汤婆子"的橘皮黄,极其庄严。

老规矩说来，客堂要亮，卧室要暗。卧室里一般不装天窗。但装天窗也有装天窗的道理，说是天地良心，我所做的一切事情都是可以给老天爷看的。

老天爷我至今没看到过，终归也不见得遗憾，他的震怒倒是常见闪电从天窗玻璃上划过，以致平常。

望着房顶，看天窗，看椽子，看网砖（我以前一意孤行地写成网砖，倒是象形，这些砖组合一起，像煞一张渔网，在上空费浪张铺）。童寯先生在《江南园林志》里写道：

厅堂平顶，古称天花。计成谓之"仰尘"，李笠翁谓之"顶格"。其不露望砖木椽者，覆以板纸。

童寯先生把"网砖"写成"望砖"，很是风流。"望砖"可以与"仰尘"作对：

望去荣华皆砖也
仰来富贵亦尘耳

哪天用毛笔在洒金笺上写出，送给向我索讨劣迹斑斑的朋友，赚顿酒肉饭。

"其不露望砖木椽者,覆以板纸",童寯先生没说它的名字,我记得民间叫作"泥幔"。我短期住过一间房子的房顶就是"泥幔"的,觉得苍白而少佳趣。

但"网砖""望砖",可能既不是"网砖",也不是"望砖",或许应该写成"宋砖"。宋,房子大梁。"网""望""宋",吴方言里一个音。

江南雨多,屋漏的事是经常发生的,雨过天晴,看被雨渍后的宋砖,如看幻灯:一只兔子;光头;老虎;几只飞鸟;美人;鲤鱼;那多像仙鹤,只是腿短了一点,不妨看鹤成鸡;毛笔;犀牛;须弥;房子;文杏;拙政园一角;勺子;梦里蝴蝶;螳螂;邮票上的天安门;实在看不出什么,也就当地图看我住房顶上,以喜为食。

蟢子从一根高古游丝上工笔着下来,悬挂在插大花瓶的鸡毛掸子上面,空出两三厘米距离,与庭柱保持着袅袅平行。一个角,两个面,三个钟点。树干已经没有,我丈量身高就在庭柱上尺量,五岁的黑线在下面,九岁的黑线在上面。后来庭柱也没有,我就在门背后记录身高。如果我还吃奶的话,站着就能吃到了。

废名先生有一首诗《十二月十九夜》:

深夜一枝灯,

若高山流水,

有身外之海。

星之室是鸟林，

是花，是鱼，

是天上的梦，

海是夜的镜子。

思想是一个美人，

是家，

是日，

是月，

是灯，

是炉火，

炉火是墙上的树影，

是冬夜的声音。

    这一首诗大有被雨渍后的宋砖之美。废名先生的许多诗都有被雨渍后的宋砖之美，我小时候看惯宋砖，长大后读到废名先生的诗，我喜悦这是真的，因为知道是假的，喜悦是美。

    流动的活泼与人性总是合拍的，而对称未必就不流动和活泼，也许更接近仁也未必不见得。老房子的头上是宋砖，脚下是一尺见方的青砖，遥相呼应，其乐融融。青砖质地极其细腻和人性，摸上去比我以后轻抚女人的感觉还天真烂漫。有人把这青砖叫做"清水方砖",自在的,传神的。

我家房子,客堂是清水方砖铺地,绣花针掉在上面,神清气朗,态度幽远。卧室是木地板,时间长了,踩上去会微微晃动并弄出些声音,与客堂相比,气息上世俗得多,因为少了清水方砖缘故,这是当然。但凡事也都鲥鱼也海棠也,清水方砖地在黄梅季节就不舒服,整天湿漉滑泥,八仙桌的桌脚都快烂掉。聪明的家伙后开口,南方的家具先烂脚,所以有把乌龟垫床脚的,四只乌龟暗夜爬动,一对醉生梦死的夫妻浑然不觉。夫能醉生妻能梦死,也不失琴瑟和谐。没有独此一家和非此即彼,也没有彼此彼此,"花非花,雾非雾","花非花"彼此是"雾非雾","雾非雾"彼此是"花非花",终至于没有彼此彼此而只有彼此。

客堂里开向院子的八扇屏门,上端镶玻璃,格棂是冰裂纹,下半身是木板,浅浮雕着山山水水花花草草马马虎虎鸡鸡狗狗或者戏文故事,我拿纸蒙住,用铅笔做拓片,因为不时移动,最终总免不了漆黑一团,即使漆黑一团,也有它的好看,因为是一团漆黑。

一九四九年之后,前面的U字形楼、客堂、院子归了公家,我只记得门楼上的砖细:一些古人,一个个敲了脑袋,破了四旧,月光里盯着饱看一阵,十分见鬼,以致我夜里玩乐之后,每走到门楼下就起鸡皮疙瘩,大叫祖母来接我回家。

我与祖母等人住在后面原先是丫头住的房子，两个卧室（大一点的卧室是我和祖母及姑母同住，小一点的卧室我叔叔一个人住），一个客堂，灶下间，幸好还有个小天井：一口井，一棵桂花，一块太湖石。后来只剩一口井。井搬它不动。

我的童年就在这所房子里消磨。二十世纪八十年代初，家里有点事情，就把这仅有的老房子出卖。

少年时代，我搬到另一所老房子里，这是个机关宿舍，和我父母同住，这所老房子里有座戏台，建于光绪年间，我曾和一个姑娘坐在戏台上谈恋爱，这或许就是我的初恋，我也不知道，我十九岁，她十七岁，中间跑来一只中不溜秋的黑猫，看着我们，搞得我很不好意思，赶也赶不走。我的恋爱终于没有谈成，黑猫后来也再没有看到。戏台底下有几只七石缸，用来扩音。

这座戏台是市级保护文物，马路拓宽，统统拆掉，最后——

后来，我住的是新房子，造型像把手枪，三四年后我才知道，这房子是我姑父设计的。他的专业是道路设计，设计院领导让他设计房子。但愿不是我姑父心怀不满，故意设计成一把手枪，扳机一扣，不料，却先把我射进起居维艰的芸芸众生。

桥边生涯

我小时候与祖母、姑祖母住调丰巷，靠近言桥。口语里言桥叫成"言桥头"。我现在对言桥头的一个印象是去河边一户人家买桑叶。这户人家没有围墙，是用竹竿、铁丝之类编的篱笆，我常常从那里经过，他们的生活一目了然，其实也只是见到一个总是穿青布衣裳的半老头在几棵树下不知道瞎忙些什么。那时候我还没养蚕，所以也就不知道那几棵树是桑树。我的童年倒很田园化，也就是有时令性，到时候就会养蝌蚪，养在糖水罐头的大口玻璃瓶里，再放几根水草或者玻璃弹子。两栖动物的幼体都叫蝌蚪，我养的当然是青蛙幼体。养好了，能看到它的后肢长出来，但常常还没看到后肢，它就翘辫子了；到时候会养叫哥哥、蟋蟀。叫哥哥很凶，我被它咬过。养蚕是在邻居中搬来一位大女孩，她教我养的。言桥头的那户人家卖桑叶，也是她告诉我的。那是个下午，大人们都在午睡，我去言桥头，没看到半老头，却看到一个年龄和我差不多大的姑娘，我很奇怪，因为以前从没见过，她正用门闩两头各挑着个小板凳，走来走去地跳舞。她看到我，也不停下。我等大半天，实在是觉得家里养的蚕快要饿死，就打断她。她很不高兴。我从篱笆的洞洞眼里小心翼翼递进去两分钱，她气鼓鼓给我二十张桑叶。

蚕，那时候叫它"蚕宝宝"。我养了几十条蚕，也总有十几条蚕结茧。一般是白茧。偶尔碰到黄澄澄的蚕茧，就以为奇迹。一只黄茧可以和人换几只白茧。

言桥是我常常走过的桥，还有乐桥。乐桥在口语里叫成"乐桥头"。我的外祖父外祖母住在乐桥附近。

小学毕业，我与父母同住，离饮马桥较近。有一次放学，从人家的门堂子里绕来绕去地回家，猛然看见一架硕大的银藤，开着白花，明亮得像玻璃做的。我估计这也是个私人园林的遗址，在现在饮马桥商业区一带。

我读的小学，门口不但有桥，还有三座石头牌坊。我看着他们先拆除牌坊，后来他们又把河填了，又把桥拆了。这座桥叫什么名字，我不知道。

我读的中学斜对面也有桥，好像还是双桥。

苏州人在单名"桥"后，会加一个"头"字，如上面说到过的"言桥头""乐桥头"，这大概是约定俗成。我以前工作单位附近有皋桥，大家也都叫它"皋桥头"。我就没听苏州人把饮马桥叫成"饮马桥头"和乌鹊桥叫成"乌鹊桥头"的。

苏州的桥一般是两种形式——平桥与拱桥。我喜欢平桥，它的调子是一点也不吵闹的，与小巷气质一似一乎。

后来我搬到新村居住，楼房都一只又一只自来火壳子[1]拥作一堆，居然我门前有一座桥。

目前客居北京，我也是住在桥边，一座铁路旱桥。

---

1. 自来火壳子，指火柴盒。

阁楼偶记

我有几年住在老房子楼上，冬天的深夜开窗换换空气，偶尔会听到平门火车站的声音。这声音高而空灵，很让我浮想。我把我住的地方叫成阁楼，其实不是阁楼，叫它阁楼，觉得浪漫，诗人应该住在阁楼上——如果没有象牙塔可以住的话。那几年在阁楼，读一些书，深感夜读乐趣，以致这个习惯一直保存至今。我现在白天空闲，却读不进书去，我甚至认为书与睡眠，皆属于夜晚的东西。

我这两天老是想起阁楼，偶记却与才子有关。我在阁楼上认识不少才子，虽然不能联床夜话，但不妨碍我对他们的欣赏——中国文化里有许多物事流失了，才子这种文化似乎还在延续，尤其江南附近、苏州一带，这是幸运的。

我尤其喜欢苏州才子，水活灵灵，简直像煞水生植物，像煞水红菱，像煞水葫芦。还有莼菜，还有荡藕，还有虾与螺蛳。虾与螺蛳不是，它们不是水生植物，它们是小动物。水生植物虽说有点轻，浮于水面；虽说有点嫩，未经沧海，但味道，正的、鲜的。"奇正"，"奇鲜"，好像除了苏州，都没有这么好的味道。

我想苏州才子与上海才子南京才子符离集才子绍兴才子的区别，苏州才子是可食性水生植物，上海才子是奶油五香豆，南京才子是板鸭，符离集才子是烧鸡，绍兴才子是霉干菜，北京才子和西安才子分别是沙尘暴和羊肉泡馍。

我对其他地方的才子了解不多，苏州才子我了解下来，他们往往或多或少有这些共性：狗头上挠挠，猫头上抓抓，综合文化素质普遍较高，即俗话所说多才多艺、能书会画兼能说会道；吃饭饮酒喝茶抽烟镬浴洗头擦皮鞋轧朋友，样样精通；知足长乐，扎台型，一团和气，要面子；背后不服气，有时说坏话；说的比做的多；耳食；以及，等等，我并不认为此乃苏州才子不足之处，恰恰是苏州才子风流所在。我认为苏州才子唯一需要商榷的是"偷懒"，他能不独立思考他就不独立思考。但这也不能说是苏州才子的毛病，更多是中国文人的通病，所以如此这般，苏州才子基本上无可挑剔。

桃花坞木刻年画

它像是农历的插图,习俗的图像志,人们的梦。

桃花坞木刻年画,不只在过年张贴,它一年四季都有应景。所以桃花坞木刻年画的"年",作一年的"年"讲。也就是说桃花坞木刻年画是一"年"之"画"。

描绘出江南社会的风土人情。也不仅仅限于江南社会。后期的桃花坞木刻年画甚至都有洋人出没。农村。小镇。市井。传说。神话。男女。吃喝。花竹。识字课本。戏文。亭台楼阁。麒麟。小火轮。

以前喜欢桃花坞木刻年画的,不只是乡下人。市民同样喜欢。文人学士也喜欢。层次与角度虽说各别,还是喜欢。

桃花坞木刻年画当然是某种桃花坞木刻年画,可以用来性启蒙。

就有把桃花坞木刻年画压箱底的。

它与天津杨柳青木刻年画不同。桃花坞木刻刚开始之际,有画家、诗人和文化工作者参与,后来的发展,越来越民间,成为年画观念：从桃花坞木刻发展为桃花坞木刻年画。现在有人要用年画的观念去找所谓唐伯虎创作的年画，肯定找不到，他创作的是木刻，早已被后来成熟的年画观念湮没。我们不是一个善于保护文物的民族，或许在日本早期浮世绘里才能发现唐伯虎的踪迹。

我在荷兰梵高博物馆看到梵高收藏的日本浮世绘，还有一只河南造箱子。日本浮世绘受到桃花坞木刻年画影响，但他们的运行机制和我们不同，我们是集体劳动，他们是个人创作，是"明星制（像唐伯虎创作木刻的时期）"。大英博物馆有日本浮世绘的展览，参观之后，我要说，日本浮世绘的确硕果累累。桃花坞木刻年画的衰落，在我看来，就是逐渐脱离个人创作，而沦为简单的集体劳动。

我们现在要搞"明星制"，或者说回到"明星制"。

前几年，我去张仃先生家请教，问起二十世纪五十年代他给毕加索送年画的事情，当时政府要他以个人名义把一只玉雕香炉送给毕加索，张仃先生不干，说这香炉匠气，拿不出手，他决定给毕加索两张门神。政府不放心，就让另一个代表团团员送，那人是个国画家，也不知道毕加索是干什么的，政府叫送就送，才进门就把玉雕香炉递向毕加索，不料毕加索没有伸手，神情冷淡，直接叫管家拿走了。大家尴尬，其实毕加索也尴尬，礼送得不对路子，双方都会尴尬，这是生活常识。张仃先生送上门神，毕加索一见，满脸惊讶，立马热情起来。张仃先生说，这是我送人所送过的最便宜的礼物，成本七分钱一张，两张加起来也只要一毛四分钱。张仃先生当时送的是桃花坞木刻年画还是杨柳青木刻年画，我询问过，但现在竟然记不清了。

说起这件事的意思，是不管桃花坞木刻年画还是杨柳青木刻年画，尤其是桃花坞木刻年画，在今天已经不属于民间艺术，像是曲高和寡的昆曲，需要欣赏者具备修养。昆曲在最初不也就是民间艺术么！

有人送过我两三张桃花坞木刻年画，说是老版子，我转手就送人了——居然是用白报纸印的，至今让我耿耿于怀。

摹 本

我对昆曲所知甚少,演出看得不多。

去年在北京看了北昆《宦门子弟错立身》,演员应该说不错,但这个戏宛若杂耍,就难以发挥。平时很难听到昆曲演出的消息。

前几年在苏州看过几次,也去过苏州大学对昆曲的抢救性录像现场。一次在苏州博物馆的老戏台看演出,那是夏天炎热的夜晚,脂粉在女子脸上融化。在假北塔公园纪念吴梅的招待晚会上,有演员清唱《哭盔》,我座位边的一位老人激动不已,抓住我手,说有近五十年没听到,都以为失传了。这两次印象较深。

富仁坊巷原苏州市京剧团里,过去每星期天下午有昆曲演出,免费的。我也只听过一次。这个动机是好的,但实际效果却对演员不尊重,因为免费,观众想听就听想走就走,川流不息,像在看卖拳头。

苏州市第十七中学试办过昆曲兴趣班,现在,连这所中学也停办了。

我有一搭没一搭搜集昆曲 VCD，这在音像制品店里很少见。额骨头高，碰巧买到，大抵也制作粗糙，有的质量甚至比盗版盘还不如。我相信这些昆曲 VCD 一定是正版，如果盗版盗到昆曲头上，昆曲也不是现在这样。

我闲暇下来就会看看俞振飞、言慧珠、华传浩、王传淞他们演的《墙头马上》和梅兰芳、俞振飞、言慧珠、华传浩他们演的《游园惊梦》，这是我买到的昆曲 VCD 中最清晰的两张。对了，还有一张也很清晰，是《十五贯》。《十五贯》我看得很少——它在抢救昆曲的同时，也给昆曲做了变性手术。当然，这只是我的直觉，昆曲我看得不多。我现在能从书画丝竹里看出一点昆曲来，以满足我对昆曲的好奇心。读元末明初的社会闲杂人员杨维桢的诗，我觉得其中或许有昆曲的声腔美。而他的书法，却是梆子戏。

昆曲的文人化倾向是与生俱来的（以致后来昆曲本子成为案头读物似乎更好），从另一个方面也能得到证明，当初魏良辅在楼头研创昆腔，同时，昆曲理论趋于成熟。这是需要注意的一点，就是说它更多地不是来自于舞台经验，而是传统文人综合文化素质与艺术理想在他研创物上的体现。不像京剧，它在有了百年舞台经验之后，才出现齐如山之流。

京剧有许多流派，以致谭鑫培、余叔岩、梅兰芳、程砚秋的"谭派""余派""梅派""程派",几乎都是京剧的代名词。昆曲没有流派,昆曲艺人说,与京剧板腔体不同,因为昆曲唱腔用的是曲牌体,按曲填调,依曲寻腔,当然,每个人在唱腔、表演上还是会有个人特点。另一个原因,我认为由于昆曲早熟,所以它就不给昆曲演员提供展示他们自己艺术个性的可能。这大概也是原因。

事到如今,昆曲是反流派的。昆曲的最高境界,就是墨守成规——因为在它一开始的时候,就完美得没有漏洞。甚至可以说是尽善尽美。

我不是五百年前的人,怎么能这么说话?艺术中就是有许多不可思议的地方,就像王羲之书法,的确横空出世前无古人后无来者。昆曲为什么就不能是这种现象呢?

戏曲中的昆曲,书法中的《兰亭序》。

说到书法,我索性再用它来给昆曲与京剧的不同作比,昆曲与京剧好像是书法中的摹本与临本。昆曲是摹本,越不走样越见珍贵;京剧是临本,可以稍稍参以己意。

临与摹略说:把纸放在帖旁,观其形势而自己书写,像是临渊,所以叫临;把薄纸罩在帖上,一笔一笔地描,它大你大,它细你细,像是摹画,所以叫摹。

昆曲的困难之处——真迹在哪里?

太湖石与评弹

说起太湖石，就是皱、漏、瘦、透。这四个字的顺序也有差别，并没有分别。

这皱漏瘦透据说是米芾发明，米芾肯定见过太湖石，说的却不一定是太湖石。但现在一说起皱漏瘦透，就成太湖石的特点。

清代嘉庆道光年间，苏州有个评弹艺人陆瑞廷，写有《说书五诀》，他把"皱漏瘦透"再加个"丑"，与说书作"比"：

> 画石五诀，瘦、皱、漏、透、丑也。不知大小书中亦有五诀，苟能透达此五字而实践之，则说书之技已超上乘矣。所谓五字者何？即理、味、趣、细、技五字也。

画石五诀的"丑"，类似傅山有关书法"宁拙勿巧，宁丑勿媚，宁支离勿安排"中的"丑"，这个"丑"作为"媚"的对立面。"宁拙勿巧",巧了就轻;"宁丑勿媚",媚了就俗;"宁支离勿安排",安排了就匠气。苏州评弹里的"小阳调",就稍见匠气。许多弹词大家也不脱"巧"的习气,"夏调""徐调"——"巧"是苏州的地方性。而"媚",则过头了。陆瑞廷对"理味趣细技"这么解说:

理者,贯通书理也。书理而能贯通,则虽子虚乌有,凭空结构之说部,听者亦能猜详入胸,随处生情也。

这"理",可以对应太湖石的"皱",仿佛石理,自然有一段贯通。

味者,须具咀嚼书情能力,使听者有耐思之余味也。

这"味",可以对应太湖石的"漏",漏往往是洞,洞所谓"别有洞天"。

趣者,见景生趣,可使书情书理愈见紧凑,而听者不特胸襟开豁,抑且使人捧腹也。

这"趣",可以对应太湖石的"瘦","瘦"指太湖石整体形象,"趣"也就是整部书的书情书理书形书风。

细者，词句堂皇，出口典雅，至若言之苛刻，易招人怨，语言秽亵，自失人格，故细之一字更属重要也。而说表之周详，布置之熨贴，亦包括在细字上。

这"细"，可以对应太湖石的"透"，"透"是情态。陆瑞廷讲"理"不言"情"，这个"情"，其实隐含在他所说的"理味趣细技"之中。

虽然有言"丑话说在前面"，这个"丑"落在最后，只得勉强拿来与"技"对应：

技者，则由经验阅历中得来，更无勉强之可能。古人云：绳锯木断，水滴石穿。言虽浅显，旨则深远。故说书而能运用神化，穿插得宜，始可得一技字。

我觉得这一"技"字作"道"讲，始可与"丑"对应。"丑"是浑然天成。

把"瘦皱漏透丑"与"理味趣细技"对应，还是陆瑞廷的思路。如果用我自己说法，譬如"漏"，我倒更愿意看为说书中的"闲笔"。"闲笔"与"噱头""小卖"的区别是——"噱头"和"小卖"短小精悍，而"闲笔"相对长一些。比如《白蛇传》里的"吃馄饨"，整回书好像都是"闲笔"。现在新书为什么不够精彩，在我看来就是"闲笔"太少。现在的散文写作也是这么一回事。要么就事论事，无异刻舟求剑；要么引经据典，却又捉襟见肘。没有秋波那么一转，也就缺乏跌宕开去的余味。

"闲笔"大不容易，它是说书之外的"书"，散文里边的"文"。

把苏州评弹与苏州园林"串讲"，似乎也有意思。"周调"好像小院一角，看似平常，却有一份阴阴的绿意，甚至是深不可测；"徐调"好像临水长廊，曲折而又贯通；"祁调"好像漏窗间的花荫竹影，斑斑驳驳；"丽调"好像暑天穿过假山上亭子里的风……这是另一个话题了。

药香的艺圃

有一阵子,我约朋友喝茶或朋友约我喝茶,会去艺圃。尤其下午,人烟稀少,很是清净。茶室四点半收摊,我们再在园子里走走,仿佛独处。

艺圃每处可观,这也难得。最喜渡香桥——以前写作度香桥,我觉得更好。渡香桥的"渡",在拙政园或者狮子林都无所谓,渡在艺圃,这个字用大了,像在杯子里洗头。而度,在艺圃有种暗合。

苏州园林里的桥,我记忆里最有韵味的就是度香桥,造型古雅,与周围环境琴瑟和谐,它线条简练,像煞明式家具的局部——有罗锅枨之美,走在度香桥上,好似围住陈梦家夫人赵萝蕤先生收藏的明代黄花梨无束腰罗锅枨加卡子花方桌。如果半桌就更象形了,岂止是象形,简直为传神。一般桥都凌驾水面,度香桥却仿佛水面上桥的影子似的。度香桥原先不在这里,重修时候迁来。清朝文人汪琬在《艺圃十咏》里有"度香桥"之咏：

红栏与白版，掩映沧波上。两岸柳荫多，中流荷气爽。村居水之南，屐步每独往。

从汪琬诗里，可以看到，以前度香桥上装有红色木栏。如果重修照搬，吃力不讨好，因为柳荫荷气已不存在，红栏再现，就显得刺眼，好像本来素面朝天清水芙蓉，临出门偏偏要把眉毛画一画。园林里的桥是女人脸上的眉毛。

思嗜轩早已毁弃，也是重修时候添建。喝茶后从延光阁右手边出来，经过一棵颇有姿态的石榴树，被一眼看到的思嗜轩淡绿幽幽，倒也不俗。思嗜轩适宜外观，进去后还是觉得粗糙。园林里的亭台楼阁，原本并不要面面俱到。不是所有亭台楼阁都是酒，有的也是饭，特别是过去的园主人，更不会光喝酒不吃饭。

艺圃里的一些名字挺怪，比如这思嗜轩，原来是园主人姜埰喜欢吃枣。还有响月廊，乳鱼亭。

有一年，我碰巧住在扬州个园内部招待所，个园晚上不关后门，随时可以去园中散步。那一天我独上朱楼，见到月亮，脑子里立马跳出三个字："响的月"。所以后来在艺圃见到响月廊，如遇故人。

乳鱼亭，明式结构，建于清朝早期，大有城春草木之兴，既是姜埰寄托，也是文字游戏。明代灭亡，土木皆属异族，姜埰的"埰"，字中一"土"一"木"，皮之不存毛将焉附？徒剩一鳞半"爪"。这"爪"还能抓点什么的话，也只有思想，汉人思想以孔子为代表，"爪"一把抓住"孔"，紧紧不放，这就是"乳"的来历。而"乳""鱼"结合，出自"观乳鱼而罢钓"（王禹偁《诏臣僚和御制赏花诗序》），放到这里，思故国而不出仕之意。

通过园林表现遗民思想的，在苏州园林中并不多见，艺圃可谓独一。何谓遗民，我在《他要画一笔水墨的竹子》里已经写过，这里略过。

姜埰的儿子姜实节，一次雅集，有人给花配对：梅聘梨花，海棠嫁杏，秋海棠嫁雁来红。姜实节说："雁来红做新郎，真个是老少年也。"

雁来红又名老少年，姜实节这话妥贴又有风趣，那年他七岁。

艺圃这名字就是姜实节所取（他父亲姜埰时期称之为"颐圃"）。以前在文震孟手里，叫药圃。药是个好东西，沈括在《梦溪笔谈》里言道：

人非金石，况犯寒暑雾露，既不调理，必生疾病，常宜服药，辟外气，和脏腑也。

取名药圃,就是"辟外气""和脏腑",对自己的一个调理,也就是修身,然后齐家,见机行事,治国平天下,文震孟果然做到大学士;而姜实节改名艺圃,"游于艺",隐逸于城市山林。虽然药圃已为艺圃,还是有一股老早底子的药香,这股药香是私密的。

五峰园

　　五峰园坐落皋桥附近的小巷子里，找起来不容易。

　　经过一些肉摊、杂货店，乱糟糟的。更煞风景的是，还要经过一座公共厕所，有人提着裤子出来了，皱巴巴的灰裤子。

　　五峰园在里面，在小巷尽头。这条小巷好像就叫"五峰园弄"。

　　五峰园的名字，来自园里五块石头。也就是五块太湖石。一块叫"丈人峰"；一块叫"观音峰"；一块叫"三老峰"；一块叫"庆云峰"；一块叫"擎天柱"。说是这五块太湖石都是朱勔遗物。说是这么说的。

　　五峰背后，紧贴着的是民居，一座二层楼，窗台上搁着拖把，晾着衣服，还有一把小葱种在破了的搪瓷脸盆里。五峰衬着这背景，我像看到几个隐士的日常生活：一个隐士在煮饭；一个隐士在扫地；一个隐士在数钱；一个隐士在发呆；一个隐士在与老婆吵架。

　　这五块太湖石终于大有看头。

五峰园的名字，还有个说法有关文伯仁，相传这园是他所筑，他号"五峰老人"。

他是文徵明的侄子。在苏州，文徵明这一家族，风光百年之久，说得上是另一座五峰园，儿子，侄子，孙子，灰孙子，代有才人，数一数，比五块太湖石要多，像是狮子林了。

藕断丝连之美

　　我有个朋友住在仓街,我在他家吃过几次饭喝过几次酒,老房子的天井,潮卤卤,湿沓沓,窗台下种些紫鸭脚、宝石花,饭桌油腻,邻居高声,一派人间烟火。但在仓街上转个弯似的,眼睛一眨,有个地方就完全不食人间烟火,知道苏州的,就知道我要说耦园。

　　耦园是借着涉园废墟,另有所图。造园的要旨在一个"借"字,借之又借,众妙之门。借山,借水,借城墙,借邻居,借光,借钱,园造到一半,没钱了,当然要借钱。这个"借"字,往美学里说,就是借景借境借势借意。借景入其中,借境出其外,借势留余味,借意去羁绊。这"去羁绊"很重要,造园的越到后来越不懂。能借就借,借不到就自己借给自己——怡园所处位置没什么可借,就在亭子里弄一面镜子借自己看,虽说捉襟见肘,倒也对付过去。苏州的一些园林都愿意在废园基础上起步,除了风水原因之外,还有一个重要的原因就是借树。假山可以堆,曲池可以开,树却一时难以置办——俗话说"树挪死人挪活",尤其老树。一些人家的气息身份就是从园子里的树看出。北京有个说法:"树小房新画不古,一看就是内务府",把树作为甄别之一,放在第一。曹雪芹祖上就是在内务府混的,也就是暴发户。从中看出,暴发户家里没大树,我倒突然起了敬佩之心,他们白手起家,从苗圃抓起,不容易,不像宦门子弟背靠大树好乘凉。

耦园的"耦",本意是农具,说起"耦",要从"耒"说起。耒是木制的翻土农具,叉形尖头,"耒广五寸为伐,二伐为耦"(《说文解字》)。后来耒是农具通称,一般说为"耒耜",如陆龟蒙《耒耜经》。我手上有一本陆龟蒙《耒耜经》,没有插图,读起来颇费劲。"二伐为耦",把两个广五寸的耒合在一起,翻土的时候两人并耕。"耦"就引申为"两人并耕",又从"两人并耕"引申为"配偶"。又从"配偶"引申为"偶数"和"合适"等等。

说了半天"耦"字,因为这一个字都与耦园关联。

说耦园的园主人沈秉成严永华夫妇这一对"配偶",说的人不少,这是人间的"配偶",我来说说空间的"配偶"。

耦园的经营位置就是个"耦"字。这个字是形声字,如果当初造字是会意字的话,两个"耒"合在一起,我们就一目了然了。耦园的东面是"耒",耦园的西面也是"耒",两个"耒"之间的空隙,就是耦园中部。所以耦园布局在苏州园林中很少见,它是一个对称的园林，像是法国园林，只是耦园的对称没有法国园林那么规矩、机械，是一种变化里的对称，这种对称要细细体会才有察觉。西花园的假山是湖石假山，东花园的假山就是黄石的；西花园的藏书楼前有小井一口，东花园与这口小井对称的却是一泓池水（名"受月池"）。带着写对联的心情游玩耦园，会越玩越觉得好玩。刚才说对称，如果说成呼应，或许更合适。但还是说成对称好。耦园的黄石假山，独步苏州，也就是独步世界（因为别处几乎没有），只有环秀山庄的湖石假山可以媲美。

陈从周《梓室余墨》里说："苏州耦园黄石山为清初物可信，证以山间古柏其年龄可当也。惟山巅之洞则后筑。"这黄石假山传为张南垣所叠。钱泳《履园丛话》有"堆假山者国初以张南垣为最"云云，他在《履园丛话》里还有一段有趣的对话：

有友人购一园，经营构造，日夜不遑。余忽发议论曰："园亭不必自造，凡人之园亭，有一花一石者，吾来啸歌其中，即吾之园亭矣。不亦便哉！"友人曰："不然。譬如积资巨万，买妾数人，吾自用之，岂可与他人同乐耶？"余驳之曰："大凡人作事，往往但顾眼前，傥有不测，一切功名富贵、狗马玩好之具，皆非吾之所有，况园亭耶？又安知不与他人同乐也？"

叠假山的，苏州人叫"花园子"，其他地方多叫"山匠"。

耦园有农具之美，园主人沈秉成、严永华夫妇要在其间隐居，男耕女织，耕稻田太做作，织粗布也没必要，那就耕种花田织纺回文，"耦"吐出这两个人的恩爱之丝。这两个人恩爱得衣食无忧，不像沈三白与陈芸常常是一时无有命好苦。"耦园住佳耦，城曲筑诗城"，这副对联就是严永华所撰。"耦"不通"藕"，但我也尽可以把耦园的东西部分看成是两支雪藕切了开来，摆放山水之间，而耦园的中部就是两支雪藕吐出的藕丝——这里是园主人的饮食起居之处，站在载酒堂前，我似乎还见得到沈秉成、严永华夫妇的缠绵。

游玩耦园，往往对耦园中部匆匆放过，而在我看来，这中部却是耦园的匠心、诗眼和警句，耦园东西两支雪藕的断处，就是中部来连上，借势留余味，藕断丝连。唐代苏州才子沈亚之把藕丝称作"藕肠"，十分奇特，多大的藕才吐得出一个断肠人呢？

花气间记

我回忆了网师园。

网师园在阔街头巷,宋史正志归老姑苏,筑园名渔隐,清初归宋宗元时称网师。嘉庆间,园中芍药与扬州并称。道光时瞿远村增构之,遂称瞿园。后归吴嘉道;又转而归李鸿裔,时当同治初年。旋属达桂。辛亥革命后,达售园与张金坡。最后归何亚晨。园东部有宅数进。中部假山荷池,古木参天。西院小筑乃画师含毫命素之所,园宅兼具。典雅古洁,别具一格。自李氏迄今,主是园者,间为画家。据林泉之胜,养丘壑之胸,至足美也。

这段文字出自童寯《江南园林志》,虽然简洁,却是一部网师园的造园史。也可以看作苏州园林的造园史:冰冻三尺非一日之寒,一座园林往往是几代人加加减减增增删删的结果。这其中大有时间,不是草本植物，旬日之花，它是老树的郁郁葱葱。

硬要说花，或者可说老树开的鲜花朵，或者只能说为花气。黄庭坚有《花气帖》，我以前见过，还记得这两句：

花气熏人欲破禅，心情其实过中年。

这两句像是对苏州园林的概括。尤其后一句"心情其实过中年"，实在说出苏州园林的紧要处。在我看来，苏州园林的文化形态，把它比作心情，就是"其实过中年"的心情。一些人把苏州园林形容为少女，或许是另一份境界看朱成碧瞄徐娘为破瓜，我就不得而知了。

《花气帖》极好，没有"浮銮兵气腾腾恶"（金松岑在网师园写的诗，他的诗格远比柳亚子来得高，但气不如柳亚子壮），的确是花气，蜡梅花气。黄庭坚书法有兵书气，过了就有兵场之气。网师园里"万卷堂"一匾，集文徵明字而成，文徵明书法学黄庭坚，但格局偏小，时常疲软，也就是说只见花气，不闻兵书气。"万卷堂"这三字却写得握金执铁，仿佛要克木生水，护持藏书。

"网师园在阔街头巷"这段文字，也是网师园的买卖史。苏州园林的历史也大抵如此，玩味苏州园林，是很需要注意"增构""遂称""后归""又转而归""旋属"这类词语的。至于"宋史正志归老姑苏，筑园名渔隐"，这是一说。另外的说法"渔隐"是史正志的花圃名，仅仅是读书莳花，还说不上筑园。他的住宅名"万卷堂"。从"宋史正志"到"清初归宋宗元时称网师"，这大段空白，也可以反证出这里并没有什么园林，起码没有名园。陈从周《苏州网师园》一文较为详尽。

童寯所言"西院小筑"，也就是"园之西部殿春簃，原为药阑。一春花事，以芍药为殿，故以'殿春'名之"，这是陈从周的话，他接着说：

小轩三间，拖一复室，竹、石、梅蕉，隐于窗后，微阳淡抹，浅画成图。苏州诸园，此篇构思最佳，盖园小"邻虚"，顿扩空间，"透"字之妙用，于此得之。

接着他说到小轩外面，我也就不多抄了。

我曾经说过，网师园里有座著名的"一步桥"，跨一步就能过去。这是瞎说，除非张飞或李逵这样的人物，才一步跨得过去。说它"一步桥"，意思就是过桥而不知桥，移步而难以察觉。这座桥学名"引静"，奶名"三步"。现在喊它"三步"的少，不知从何年起，叫它"一步"。

引静桥之美在于桥上行走，而坐在月到风来亭里望引静桥，顿觉罗嗦。

秋天的故事

也许是农业文明缘故，中国文化里有一种对季节的敏感。天人合一，既是对这种文化的概括，也是对这种敏感的注解。春夏秋冬，既可以用来对一个人的经历描述，也可以用来对一个时代的盛衰记录。苏州园林也是如此，尽管风格纷呈、气象万千，从季节入手，也可以分出春夏秋冬。当然，这更多依赖于欣赏者的艺术感觉。书籍虽说是为读者写的，但它也在挑选读者；苏州园林也是如此，它对欣赏者同样提出要求。传统文化，古典诗词，造园时期的画风书风，不了解这些，尽管也可以欣赏，但总有些不得要领。修养是必不可少的。由于对季节的敏感是中国文化里的隐形结构，所以用春夏秋冬来划分苏州园林，也就不能说是捕风捉影。真是一个巧合，说起苏州园林，挂在嘴上的就是四大名园，像春夏秋冬一样，它也是四个单元。四大名园的顺序按朝代排列，宋元明清，依次对应为沧浪亭、狮子林、拙政园和留园。这种排列，由造园年代而定，虽然园林专家有不同说法，但约定俗成。文化中有很多约定俗成的部分，正是这些部分构成文化的无穷美丽和魅力。宋代的沧浪亭，元代的狮子林，明代的拙政园，清代的留园，从艺术感觉上着手，它们的顺序可能就要换一换了。

一年之计在于春，拙政园的造园规模和造园构想，都可以说是像二十四节气中的"立春"。春风拂拂，春水漫漫，留连于亭台楼阁之间，一如留连光景。拙政园雍容华贵、优雅大方，喜欢昆曲的人不去拙政园转转，会有许多遗憾。起码会少点触景生情、触类旁通的感性认识。或者说喜欢拙政园的人不去听听昆曲，其结果也是如此。造园和演戏；游园和听戏，有一种文理上的缠绵，正如"梧竹幽居亭"上那副对联所示：

爽借清风明借月；动观流水静观山

拙政园在风格上与昆曲魁首《牡丹亭》极为相似。拙政园还有一个神话，说曹雪芹《红楼梦》中的"大观园"以其为蓝本，给书中大小贵贱的人物搭出舞台，一场悲欢离合的故事就这样上演。这当然是神话。

即使拙政园是春的风格，徜徉其中，还是能感到秋的气息，从那些匾额上就能一目了然，匾额往往是一处园景的主题词：

"秫香馆"：秫香，就是稻谷飘香的意思。苏东坡有诗曰"秋来有佳兴，秫稻已含露"。《红楼梦》可以和它对应的是"大观园"里也有个"稻香村"，命意相同。

"待霜亭"：就更不言而喻了。

因为中国文化对季节的敏感是一种隐形结构，所以拙政园里秋天的故事，有时候也是隐隐约约。"见山楼"，如果不知道陶渊明"采菊东篱下，悠然见南山"是它出处，也就感受不到秋意爽爽；"留听阁"，如果不知道李商隐"秋阴不散霜飞晚，留得枯荷听雨声"是它出处，也就感受不到秋意飒飒……明朝以来，拙政园一直是赏荷佳处，但最可爱好像还是秋天，志清意远，柳阴路曲，与谁同坐轩？别有洞天，一池残荷可放眼。

"林皋延伫，相缘竹树萧森；城市喧卑，必择居邻闲逸。"这是明末造园巨匠计成在中国历史上第一部同时也是世界范围内最早的造园名著《园冶》中所说的话。留园就深得其旨。

如果把拙政园认作娴静，留园就是幽静；如果把拙政园认作春容，留园就是夏姿。从窄门进到长廊，通过一扇扇漏窗往外望去，经幢，枫树，栏杆，湖石……折回身，踱步到"绿荫水榭"，盛夏就来了。盛夏带着绿荫就来了。水榭里的窗，是空透的，与长廊上的漏窗形成对比,一个像是清式家具,一个像是明式家具。"素处以默,妙机其微"(《二十四诗品》"冲淡")的"花步小筑","采采流水,蓬蓬远春"(《二十四诗品》"纤秾")的"恰航",徘徊此处,悟得其妙,也就知道园林的神韵。"恰航"楼头的明瓦,简约素净,这一块地方,甚至比"闻木樨香轩"更具有秋意。木樨就是桂花。

二十年代有一篇著名美文,叫《乌篷船》,其中写到"明瓦":

木作格子,嵌着一片片的小鱼鳞,径约一寸,颇有点透明,略似玻璃而坚韧耐用,这就称为明瓦。

独坐"绿荫水榭",怀想这样文字,明瓦都是一样的,秋天在头顶高远。移步换景,以小见大,明瓦的月色弥漫,氤氲着董其昌的法书"饱云"。饱云,即秋天的巧云,多少个童年日子仰酸颈脖看着它的变幻。留园的精华在于水面和水面四周景观,绕水一周,等于穿过一年中的四个季节。从探春的"清风池馆"出发,走过"涵碧山房",这里是欣赏荷花的好地方,所以又称"荷花厅"。然后访秋,顺着长廊渐次升高——"高甍巨桷,水光日景,动摇而下上,其宽闲深靓,可以答远响而生清风(《真州东园记》)"——欧阳修的句子移到此处也很恰当——阵阵清风里,没有坐进"闻木樨香轩",就闻到桂花香气。如果中秋夜有幸坐进"闻木樨香轩",大概会和白居易一样,听得到月宫里桂子轻轻滴落的声音。"闻木樨香轩"和"清风池馆"遥遥相对,一个春天,一个秋天,时间沙沙而去,历史达达而来,遥遥相对的"闻木樨香轩"和"清风池馆",一部春秋:苏州园林是时间的艺术;苏州园林是历史的艺术。从"闻木樨香轩"往高处望去,是用来赏雪的"可亭",碰巧遇到银桂飘落,也是可以以花代雪的吧。

沧浪亭沿河一带的黄石,据说是宋朝造园艺术在苏州唯一留下的雪泥鸿爪。是耶非耶,并不重要,细细体会,的确大有遗意:隔水相望,朴素坦率一如王禹偁、梅尧臣诗作;近身相抚,方阔瘦硬恰似欧阳修、黄庭坚书法。在午后的阳光里,远远看来,黄石的色泽,更使沧浪亭这个古老的园林增添了独一无二的秋天醇厚如酒的况味。

如果把拙政园认作娴静、留园认作幽静,沧浪亭就是寂静;如果把拙政园认作春容、留园认作夏姿,沧浪亭就是秋思。

苏州园林中,结构最为精巧的,当推留园;气息最为高古则非沧浪亭莫属。北宋时的沧浪亭一带,地势高阔,草木郁茂,三面环水,仿佛大隐隐于市,虽在城里恍若郊外,庆历年间被罢官的诗人、书法家苏舜钦举家南迁,一见此地,即以四万贯钱买下,欧阳修听

说了,随即寄赠一诗,其中有这样的句子:

清风明月本无价,可惜只卖四万钱

有点调侃。因为李白曾说"清风明月不须一钱买"。把两个人的诗句放在一起就会看到,李白是个倜傥少年,衣食无忧,风流飘逸;而欧阳修已是位颇有世故的中年了,柴米油盐,相视一笑。中国文化发展到宋代,秋天的况味渐深渐浓。

顺便说一下沧浪亭两个特色:一是苏州园林都围墙森森,而沧浪亭以水环园,可谓独一无二;二是沧浪亭的山水之间是条复廊,唐代皎然和尚曾说"诗有六至"——至险而不僻;至奇而不差;至丽而自然;至苦而无迹;至近而意远;至放而不迂——沧浪亭里的这条复廊可谓有过之而无不及。

寂静的复廊里,似乎能看到一些前贤身影,"近水远山皆有情",他们策杖而行,秋声跟在后面。

狮子林是个石园,在审美上接近冬天硬朗的风声。传说园中的每一块太湖石都具狮子状,其实狮子林的出处是佛陀说法威仪如狮子吼。它过去是个寺院。

坐在"听雨楼"头喝茶,帘卷树声,石榴仿佛木铎,银杏好像一只只翡翠铃铛，想起昆曲《跪池》，也是狮子吼，只不过是"河东狮吼"，也就想起这句成语的发明人苏东坡，也就想起苏东坡一首有关秋天的诗：

荷尽已无擎雨盖，
菊残犹有傲霜枝；
一年好景君须记，
最是橙黄橘绿时。

春夏秋冬，春天的拙政园、夏天的留园、冬天的狮子林，或多或少都有秋天色彩，而沧浪亭则是秋天故事中画龙点睛的一笔。苏州园林风格尽管纷呈，但总体是娴静的、幽静的，寂静的；是蕴藉的，风流蕴藉。

秋天的故事已经讲完，秋天只是象征，无非在说中国文化里有种品质，从不缺失的品质，它接近黄金般的秋天——这种品质就是成熟的精神。苏州园林则是映着它的一滴水，从檐头漏下，透明的身体被慢镜头拉长。

回忆怡园与沧浪亭

我读中学的时候,休息天,会去怡园与沧浪亭。怡园与沧浪亭都在人民路上,离我住处比较近。我住在这两个园林之间。那时候门票至多一毛钱。在怡园与沧浪亭里,会大半天遇不到一个人。要遇到的话,又常常是两个。两个人躲在假山洞里谈恋爱。怡园的假山洞里有张石桌,像只小床,春夏季节,就有人躺在上面。一个女人躺在上面,一条腿翘起,裙摆落到肚皮上,一个男人坐在石桌边的石凳上,抽烟。那时候的社会舆论,把在外头谈恋爱的女人叫野鸡,男人叫阿飞,大是深恶痛绝。遇到民兵和工人纠察队,都可以随意抓起来审讯一番。那时候的人谈恋爱,只能在房子里谈,在爸爸妈妈爷爷奶奶哥哥姐姐弟弟妹妹的眼皮底下谈。姐姐的对象来了(那时候没谈恋爱这一说,称之为轧朋友或搞对象),两个人跑到厨房里去轧朋友搞对象,妈妈在客厅做针线,隔几分钟就让妹妹去厨房转一下,看看情况。

"他们在做什么？""说话。"

"他们又在做什么？""那个人在给姐姐挠痒。""姐姐哪里痒？""姐姐说胸口痒。"

妈妈扔下针线，亲自下厨。

怡园的假山洞里有股尿骚气，我难得钻进去玩。我常常在太湖石搭出的桥上爬过来爬过去——怡园的池塘上，有一座太湖石桥，奇怪嶙峋，在苏州其他园林里见不到，很受少年青睐。

坐在太湖石桥中央，看池塘里蓝裤子白衬衫影子，我觉得五四青年也就是这么一回事。于是我顿时感到院墙外面的风雨，于是我顿时感到国家命运的不济，于是我顿时感到青春岁月的压抑，于是我顿时就想出去闹革命，到安源到延安或者到井冈山。出去不了的话，就在家里和丫头谈恋爱。那时候我还没看过巴金的《家》（至今我也没看过），等看到根据巴金《家》改编的电影后，我才认为一个青年闹革命是要本钱，生在有权有势有田产有表姐表妹的家庭，你去闹，才有意思，才不乏味，或许才不血腥。

有一年，我在怡园的小竹林里写生，出门时候，看门人不放我走，说我把墨水洒在竹竿上，属于乱涂乱写行为，罚款五毛。

有一年，有位业余时间喜欢刻砚的职业画家，在怡园茶室边吃茶边刻砚，他刻的是仿石笋砚。怡园石笋很多，多且美，他被怡园的工作人员发现，说他偷石笋，一把抢夺过去，画家也不恼，还很高兴。后来他对我说:"证明我刻得像。"

从怡园到沧浪亭,步行的话,半个多小时。怡园看雪挺好,沧浪亭是听雨。

我读中学的时候,刚开始去沧浪亭吃茶,茶室工作人员还不卖给我,问是你吃还是大人吃?我说我吃。那位女工作人员说,茶是苦的,你吃了就不能退。他们不知道我已经有七八年的吃茶史了。这也怪不得他们,因为我长得小样。奥斯卡就这样骗了他家保姆。

我直到工作之后才发育,我的少年也够长的,所以我不稀罕。

两个苏州人

静之约我去他家看拓片,一张北齐碑拓,据说只拓过五十张。我去看了,真的很好。尤其是三个"大"字,写来各有情态。拓是蝉翼拓,墨薄而匀,煞是赏心悦目。静之问我怎样,我说:"够管平湖的。"

现在遇到好物事,我都说"管平湖",也就是"好"的意思。

去年我迷恋米芾(的书法),说"好",就说"米芾"。我国的好东西真是太多了。

我带几张古琴CD,大家边喝茶边听琴曲。茶是普洱茶,据说今年很流行。北京的深秋喝些滋味浓红的茶水,身体之内热乎乎的,极舒服。静之夫人我是初次见面,几个人的演奏后,她说:"管平湖真好,即使是空白处,也有一种力量。"

她是初听琴曲。我是多遍之后,才发现管平湖的空白之美。

静之的客厅里是他收藏的明清家具,那种老成深厚的光辉,使我有种错觉，管平湖就坐那里，以至我都不敢胡言乱语。

我对音乐十足外行，但一听到管平湖古琴遗韵，就大为沉醉。以致一发不可收，成为管迷。古人言道"声色犬马"，我一直不理解，年过四十方知道"声"确是魁首，三月不知肉味信矣。于是生出些骄傲，骄傲于管平湖是我故乡人——住在苏州齐门，"北曰齐门者，齐景公女嫁吴世子者，登此以望齐也"（朱长文《吴郡图经续记》）。对管平湖身世，我了解甚少，只能如此概而括之：

贱日岂殊众？贵来方悟稀。

这是王维《西施咏》里的两句诗。

"贱日岂殊众"，可以概而括之管平湖生前之时；"贵来方悟稀"，可以概而括之管平湖身后之事。这两句诗可以概而括之天下才俊之士的共同命运。

有人说管平湖古琴风格像杜甫诗歌，我如果从苏州人这个角度出发，我觉得管平湖更像伍子胥时代的苏州人，有股豪气，雄强得很，又十分多情，但一点也不娘娘腔。《吴越春秋》里有一段，我很喜欢，曾经引用过，再重复一次：

专诸方与人斗，将就敌，其怒有万人之气，甚不可当，其妻一

呼即还。

这才是大英雄。管平湖古琴里确有一种大英雄的风云,刚处柔,柔处刚,又不着痕迹。

现代古琴大家里还有一位苏州人,他就是吴景略。吴景略苏州常熟人。明末以降,苏州城里就很少出大家了(苏州城太小,好不容易出个管平湖,他还跑到北京去),常常出在苏州城附近。吴景略与管平湖一样,身上也有股古风,只是区别不小。管平湖是伍子胥时代苏州人的话,吴景略更像明清中人。管平湖用陶尊喝酒,吴景略用瓷杯饮茶。这当然是个比喻。伍子胥时代的苏州品质是陶的酒的,明清中的苏州品质是瓷的茶的。吴景略古琴风格倜傥,有人说像李白诗歌,我认为更像杜牧,俊逸。

前面说到了碑,管平湖像碑。吴景略像帖。如果用帖来作吴景略古琴风格的图解或者插图,我就选择王献之《鸭头丸帖》。但给管平湖图解或者插图,我现在还没想出来。

静之说吴景略演奏没有内心,我说对,这"没有内心"实在是赞美。吴景略是虚其心的,他接受又变化"虞山派"传统。"虞山派"的"清微淡远",很有道家风范。所以吴景略演奏《墨子悲丝》,虽是墨子,用老庄晕染,也就别有风情。

吴景略被称为"吴门虞派"。

管平湖旧居近来拆掉，吴景略旧居不知尚在否？我说静之，那拓片的第一个"大"字写得尤其好，既有宠辱不惊之心，又有沧海桑田之感。走吧，楼下喝酒去。

苏州 1979

1979年的苏州,街上还见得到卖灯芯草的人。挑着担,在早晨的风里,在傍晚的风里。风吹不走灯芯草,因为灯芯草长长的,似一缕又一缕光线,透过门板,纠结一起。纠结的灯芯草难以分开,仿佛宋词中的愁绪。

灯芯草还未晒透,湿湿的,有点湿。轻柔的泪痕,是古人的泪痕。古人洒上飘飘衣带的泪痕。

买卖灯芯草,像是仿古。

早不用灯芯草点灯,祖母用来做枕头芯子。

枕着用灯芯草做芯子的枕头,我酣睡,我生病,我做梦。

少年时期的梦,还记得一个:

身背一百把长枪短枪,去打狗。

看我多胆怯。

抱着灯芯草做芯子的枕头,我看这个世界,是不是多一份轻盈呢?

买卖灯芯草,像在夏天。

现在早不见了。

去年夏天,我骑一根灯芯草,直奔天堂,众神把着门,直指灯芯草问我:

"这是什么"?

我答:

"杀开血路的刀!"

现在想来,这是去年的梦。

赔我一个苏州

我并不是太喜欢江南，无论是词，还是物，都有点软，有点粉。江南是奢侈的。许多地方都超出我的理解力——一个在江南长大的苏州人的理解力。

我眼中的江南很小，我常常把江南看成苏州。苏州是江南大于整体的局部。它占有江南不多的美，但患有江南不少的病。从人性上谈论苏州，大概如此。

软和粉，其实也不错。只是江南的软和粉，是有点软有点粉，还到不了极致。软但不是水性，粉但不是铅华，小家子气，风土人情都缺乏大手笔。江南的小家子气，不是说江南山水，说的是江南文人——江南是被江南文人搞小的。尤其是近几十年。

"一星如月看多时"的黄景仁，北上京师，除了谋生，更是求活，以求大一点的文化空间，文化空间大了，个人才好找活路。谋生像是物质保证，求活像是精神需要。郁达夫对黄景仁情有独钟，看来不仅仅隔代知己，也是地理上的逃脱。精神需要往往是从地理上的逃脱开始。隋朝开皇年间，大英雄杨素把苏州从伍子胥圈定的城池中逃脱出去，在七子山下建造新城，不能光认为是出于军事上的考虑。杨素的艺术气质箭在弦上，到他子孙杨凝式手上终于射出，百步穿杨的时候，就是洛阳纸贵。杨凝式洛阳书壁，恰好五代——江南也就是在五代发迹从而名声大振。俗话"上有天堂下有苏杭"，就是五代人的说法。

只是我在苏州生活，却从没有身居天堂的感觉。我一直寻找这种感觉，结果是别人的天堂，他们的城市。我在苏州是这种感觉，现在离开，还是这种感觉。我已难以和苏州达成和解，尽管应该把苏州和苏州人区别对待。可以这样说，迄今为至，我受到的全部滋养来自苏州，我受到的全部伤害来自苏州人。耿耿于怀未免斤斤计较，想一笑了之，真能一笑了之的话，我又觉得自己不是在韬光养晦，就是装孙子。这可能是一回事。韬光养晦在坊间的说法就是装孙子。困难的是装孙子的到底是老子在装呢还是儿子在装——这是装小；还是曾孙子在装呢还是末代孙子在装——这是装大。既不能装孙子，又不想耿耿于怀，就只得把一口恶气吐在苏州身上。我是因为苏州人才不能和苏州和解的，这话听上去自负。我当然自负，否则也就难以求活。自负是山穷水尽时的精神需要，与途穷而哭一样。我的宗教是艺术，我的信仰是自负。

苏州已被有知识没文化有客套没教养的空气污染。

我一写苏州，就会心态失衡语无伦次。

也正因为如此，苏州让我保持现实感：你还将受到侮辱，你还将受到损害，你还将受到不公正，只是没什么大不了的。也正因为如此，我要感谢苏州——它让我尽可能地一意孤行独来独往。

我现在生活在一个远离苏州的地方，感觉日子安逸了，就回苏州。苏州至今倒还不失那样的能力，可以把我搞得乱七八糟。在中国，我看非传统安全因素文学作品在狭隘的小城出现，它的发生方式似乎更可靠些。

以上文字断断续续，像是提纲。写到凌晨，撑不住了，就睡。现在起床续写，想补充、发挥，兴致全无。

……一回苏州，我就忍不住为周围的人事生气，以致失去写散文的心境——

赔我一个苏州！

苏州被搞成这么个样子，哪里还有一点古城味道？

赔我一个苏州！

人不能死而复活，城市也是如此。杜牧之的江南，范石湖的苏州，在前三十年还依稀可见，在近十年被破坏得比任何时期都要厉害。现代化的代价如此之大，盲目、急功近利、割断记忆……最后必将得不偿失。其实这不是现代化问题，普遍的浮躁、当事人和决策者的贪婪、刚愎自用、草率、市民的麻木、地方名流心怀叵测的顺从，用偷梁换柱的现代化覆盖不能再生的文物性。江南的一些城市具有文物性……

这段文字没有完成，以致终不能完成了。

手艺的黄昏

有座城市像博物馆的话，这座城市就是苏州。手艺保存其中，是一座手艺博物馆：放大在黑白照片上，罩着厚厚玻璃。

要想看清手艺中运作、点化和擦动之手，我们的脸与身子也就在那手艺的黑黑白白中浮出。

厚纸灯笼在廊里淡淡地洒着，"洒"字下得太潮湿。因为厚纸灯笼的光，似乎比秋声与黄叶还干。廊很长，腰带般挽着厅堂。廊外有月唇一片，是淡红的，在芙蓉花上（不是芙蓉映红了新月）。这种淡红里带着微黄的光芒，像从本身最深处散文开来的回声：多嫩的月亮，宇宙这只大橘子才剥出的一瓣橘瓤，朝它吹一口气，就会胀开汁水。我站在庭院里，此时的厅堂像坐在榻上。廊里铺地方砖，凉如蔺草编就的席子，在台阶那里露出一角，干净得让人不敢插足。

细细的，从厅堂里长流来昆曲的细水。仿佛磨砂玻璃上的霜毫，传统不是在我们之前，就是在我们之后的一种东西，我想。我继续在庭院散步。突然，被眼前的一幅美景惊住：一位化妆罢的旦角，迎面走来，冲我微微一笑：她大概要上场了，柳枝一摆，消失在长廊的那头。我似乎微微晃动着，等她消失，我才想起她是我认识的昆剧演员。在台上，我并没注意到她，我注意到的只是她演的杜丽娘，而在台下呢，她仅仅是一位可以聊聊天、说说笑的朋友。那一刻，我像一条空空的长廊被脚步声响过，看到一只消失或行将消失的手，像我们的脸和身子在手艺的黑黑白白中又浮出了，在某种黄昏的手艺里。

可遇而不可求：庭院、长廊、新月、厚纸灯笼、浓妆的旦角与散步的我在非舞台上相遇，也就刹那，我听到只手浮出之声。面对传统文化，我们常常看到的只是手艺。当能握住手艺背后的那只手，哪怕只轻碰一下，那么，所谓传统，我们根本用不着刻意去保护、去弘扬，就能"恁今春关情似去年"。

厚纸灯笼里的光波动着灯笼上的厚纸，厚纸的纤维仿佛能模仿出蓝桥下的春潮。庭院里的芙蓉花丛边，还有一簇竹子。竹叶粘粘糊糊地煮沸风声，只有靠近边缘处的竹子，才看得清它的几片竹叶。就是通过这几片竹叶，古代的人们找到比庭院更深的水墨竹园。而另外的一些古人，则从绢上取下一截墨竹，吹出笛声箫音，不绝如缕，轻轻缠绕在厚纸灯笼——许多东西，看来也只能像把笛声箫音缠绕在厚纸灯笼假设的光芒上了。我写这篇文章之际（正写到这里），一个孩子，摇摇摆摆找我。她是邻居的孩子，请我折一只帆船。她打断了我的写作，但却给我带来与这篇文章若即若离的东西。她给我拿来一张纸和一本《最新儿童折纸》，翻到第13页：《十三·小帆船》：

1. 正方形纸对中线折。
2. 沿虚线折出两只角并向边拉出。
3. 上面折法与图二相同。
4. 沿虚线向上折。
5. 翻面沿虚线按箭头方向折即成帆船。
6. 帆船。

小帆船折成了。其实不按图索骥，我也能折出这一只帆船。童年，祖母教会我折帆船。对于我，这只帆船的折法就不是最新的，它像是传统。而对于她，因为从没人教过她折帆船，也没人给她折过帆船，所以这只老祖母的帆船，也就是"最新"的了。换一个空间，换一批人，昆剧与我将在后面写到的桃花坞年画就是最新的东西。传统是一根回形针的形状。

我看见她的手在摇，欸乃一声，帆船驰入山水绿中。这只手是生命，是手艺内部的生命。它使传统蓬勃得不像传统：今天才被发明的事物。

　　谈月色抱着块梨木板。梨木质地细腻硬实，刻版容易传达稿本的精神。他边走边拭掉梨木板上的灰尘，发现右上角有个蛀洞。谈月色用手指甲刮刮，竟越刮越大，雪泥般融化成一只独眼窝，瞪着谈月色，从这只空洞的眼窝中我们看到怜悯和衰老，他朝刻版工场间望去，刻版工只剩几个。刻版工作的确是很刻板的工作，钱又少。木屑在桌面上堆高，埋没刻版工的手。有手艺的手并不都是精致的。

　　苏州桃花坞木刻年画社早已从桃花坞迁出。桃花坞里无桃花，也看不到船只泊在浊浊的河水之中。有明一代，桃花坞出人出物。人是唐伯虎，物是年画。有一种浓浓的、柔柔的、喜庆、烂漫又极铅华的微风吹来。产在苏州其他地方吧，如鸭蛋桥，叫"鸭蛋桥年画"，就不能很充分地体现时女游春贩夫赏花的市井气息，其名与明代江南是合拍的。最早是笔绘出售，后改为刻版套色。乾隆年间，大小画铺集中在桃花坞和桃花坞附近，有数十家之多，桃花坞年画的色彩异常鲜烈，由此看来苏州的古人极其"好色"。

　　（据说，桃花坞年画影响到日本的浮世绘，但它自身并无大的发展。我过去认为是被市民趣味的局限，现在看来并不尽是如此。市民趣味反而是它的发展动力，只是中国从没有出现过一个真正的、稳定的市民社会。根据西方人的观点，市民社会中最重要的似乎是自由的空气。市民趣味得不到保障，于是根深蒂固的士大夫习气就来影响民间艺术。民间艺术往往坏在士大夫手里，变得暧昧起来。于是桃花坞年画的具体制作者就急躁，就想引进外来文化冲冲晦气，但只在年画上留下这样的字样："仿大西洋笔法"。这是清代的事情。)

谈月色告诉我：过去年画行有句话，"忙三季，吃一冬"。一到冬季，年关将近，四方主顾，摇船而来，把画工们制作三季的年画，狂购而去，像现在把明星照携往穷乡僻壤似的。这种黄金时代已不复，桃花坞年画最终也只能成为一门怀旧的手艺。

这点是要说明的，在桃花坞木刻年画社里，并没有谈月色这个人，是我虚构的姓名。谈月色尽管空泛，毕竟美丽；谈月色尽管美丽，毕竟空泛。谈月色这个名字，说得清楚一点，是我借用来的，女名男用。她是民国时的才女，印治得非常好。女子治印，即使在现在也不多见，故想为其传名，拆迁到了这里。莫邪铸剑，月色治印，剑为捍卫自身的存在，印是证实存在的自身。手艺证实手曾存在，但这双手呢？

在想象的手艺博物馆边，黄昏时候，我看到市盲人学校（这是我多年前参观时看到的一幕），美丽的女老师在教他们阅读，手到之处，他们知道美丽是怎么回事：书上说的就是"柳眉杏眼"。女老师拿来柳叶，他们摸摸，他们笑了；女老师拿来杏核（现在不是杏子时令），他们摸摸，他们笑了。看来这是我们永远的手工课。

日光灯管

二十世纪六十年代末,忽然流行装日光灯了。谁家不装日光灯,出门都抬不起头似的。昏暗的老房子——走进石窟门,从一家又一家的客堂穿过,大人小孩卷紧在餐桌边吃着晚饭,头上,横着根苍凉的日光灯管。日光灯的光线尽管比白炽灯来得要亮,但并不白,惨兮兮地,像弄脏的石灰水。偶尔,我会有恐怖的感觉。

大人小孩泡在弄脏的石灰水里吃着晚饭,发出刺鼻的气味:那时候天天吃咸菜,一如那时候天天讲阶级斗争。阶级斗争要年年讲月月讲天天讲,咸菜也就要年年吃月月吃天天吃。吃到脸像腌了三年的咸菜,在日光灯的光线下自然聊斋。见鬼了。前几年的思想界艺术界常常会说"阉割"这词,我对朋友言语,不怕阉割怕腌制,阉割倒也不失快刀斩乱麻,引颈成一快,不负少年头;腌制却要难受得多,是小刀割肉,袁崇焕被凌迟。

也许是电压不足的缘故,日光灯往往跳不起,它啪啪闪动、嗡嗡呻吟，仿佛如今记者招待会上较为活跃的影记。影记也有不闪烁其词的日子，日光灯也有跳起之际——嗡－嗡－嗡－嗡－啪！日光灯终于跳起，也就是说天亮了。

而更多时候刚才还好好亮着的，一不留神，灭了。这情景，大人小孩就纷纷操起手边的家伙：拖把、扫把、晾衣服竹竿，往日光灯管捅去，一场械斗，或者说院子里跑进一个贼，邻居们奋勇向前。有的日光灯一捅就亮，没上美人计就招供；有的日光灯脾气倔强，敲碎它，还是不亮。这些日光灯是日光灯中的烈士，宁为玉碎不为瓦全。

也许还是电压不足的缘故，日光灯的损耗就大，用不了多久，就黑了，一黑，也就差不多坏了。鱼烂从头烂起，日光灯灯管，也是从头黑起，往往还是从两头赴约似地同时黑起。当然，鱼也有从肚子烂起，但日光灯的灯管之黑却坚持从头黑起，这是它有个性的地方。

坏了的日光灯管常常在小巷里见到，不是废品收购站不回收，是人们懒得把日光灯管送废品收购站，扛着日光灯管，这姿势也太雄赳赳气昂昂——不识时务的人以为抗美援朝还没结束。这不是理由，主要城里还有零星武斗，一个人扛着日光灯管走在去废品收购站的路上，远远望去，像扛着根白蜡棍，说不定就会被枪瞄上。

后来有个创意,把它做成毛巾架。

深夜,洗完脸,把毛巾晾回日光灯管做成的架子,有时候它会突然一亮,吓人一跳。日光灯毕竟是工业文明的产物,百足之虫死而不僵。

烟草仕女

感到脸上有几点湿润,下雨了?探头一看,楼下屋顶皆白。屋顶上的破自行车轮胎、柴油筒、木棍,白了。下雪了。春夜的雪,不眠者的点心。她坐在一棵老桃树下,桃花尖锐的洋红,并不因为年代久远而汉化——这种红被一艘帆船带来,帆船上有许多木制的舵,如一个部落中所有英壮青年的鬼脸,撒在头顶,她端庄地笑着,笑得很端庄。她十五六时从端庄只身一人搭着小火轮到灯红酒绿的大上海,与她父母端庄的桃园远离,在私人照相馆后院,在一棵老桃树下,向商品微笑——浅蓝的旗袍上滚着朵狮子头般的白云。太湖石,芙蓉花,烟草,她在为烟草做着广告,回家后狂咳一个晚上,咳出鲜血。美人的代价是鲜血。雪下得更大了,夜的春雪。她戴着贝雷帽,抑或水兵帽——割去的两条飘带,像割去香港和澳门。葡萄紫色的牙齿,咬紧一个大国的龙须。她戴着那个时代呱呱叫的帽子,拉二胡一般,弹着曼陀铃。大朵的花,大朵黄蕊的蓝色花,在她绸缎上张牙舞爪，活着的海星，活着的黄蕊小小之岛屿。她大腿凝练一块，在旗袍的下面横着拿出，背是有些微驼的，背后小园林，亭台楼阁，池塘，听装的烟草与她亲昵，烟草烟草，烟草仕女，烟草小姐，她边弹边唱：海上交际花，海上花，吴方言的海上花，吴方言的海上交际花。

单瓣的吴方言。中国南洋兄弟烟草股份公司。广生行。五洲大药房。青岛水德号布匹。佚名。宝塔牌。红大号。高楼牌。福利德香烟。杭穉英。郑曼陀。1999年2月3日，下午去美术馆，"另一室有'中国美术馆藏早期年画展'，我第一次见到月份牌原作。高剑父在郑曼陀月份牌上题诗的那幅，名《晚妆图》。"引文摘自顾盼日记。顾盼就是车前子，那时候写诗，总要找一个笔名。那时候女人，总要穿一件旗袍。旗袍是用旗子做的袍子吗？旗子为做作病态的青春而花枝招展，但不容置疑的是它保留了那个时期市民生活，或市民所理想的生活。具体着，方有说服力和吸引力。创造力。想象力。孤独力。力掉下两颗眼泪，这就有了办法。

我认出她身体下面的那盒烟，叫"哈德门"。很便宜的一种烟，我没钱的时候才抽。她坐上哈德门，两手抱住膝盖，像在北京大学校园里常能见到的女大学生。北大对于我们这帮穷哥们而言，是盒价钱太高的烟，想都没想过要抽，竟也有些不屑。我抽了多少种牌子的烟？烟只有两种：好的；坏的。烟草烟草，一种是烟，一种是草。

仙鹤在她俩身后飞舞，那些洋烟，那些海盗，那些殖民者，那些……东西，东西方文化，首先在一只烟盒里不服气——彼此不服气地挤在一起，所以那个时代有些姿色的仕女，都去为烟草做广告了。

一条黄纸板糊出的小巷

我对吴文化素无研究，凭空想来，实在为它巨大的消费性享乐性渗透性所骇怕。骇怕之余，又顿生津津乐道。

昔袁子才有句话："三年出一个状元，三年出不了一个好火腿。"此亦可作吴文化别解。当我们在谈论文化之时，实在是在谈论最肤浅最表面最露白的部分和所在。吴歌也罢，评弹也罢，昆曲也罢，园林也罢，苏帮菜和"明四家"也罢，它们仅仅作为显性结构存在。换句话说，也就是可以被我们谈论和研讨的东西。还有一种隐形结构，在更大程度和范围左右显性部分，却是最难谈论，或者也可以讲，只是讲不清。

丰子恺在旧社会画过"苏州人"的一幅漫画：戴着瓜皮帽，穿着长衫，抽着纸烟，托着鸟笼。这幅漫画的深刻之处倒不在于丰子恺找到一个细节：托着鸟笼。在北京，托鸟笼的人比苏州更多。此画的深刻之处是丰子恺画了一位年岁不大的人托只鸟笼；而在北京，托鸟笼者多半是些老头。年岁不大，托着鸟笼，尽管时代变了，但这个形象我个人认为还是苏州人的基本形象——引申到其他领域，逍遥的太多，投入的太少；轧闹猛的多，真做事的少！

看看苏州的历史，听听苏州的掌故，你会发现：我们有英雄吴王，有猛士专诸，有大义凛然的"五人"，有"国家兴亡匹夫有责"的顾炎武，但这些偏于悲壮的人物，在我们的民间故事和传说中却很少听到。吴文化结构中所引以为傲的是唐伯虎这类人物。从这点上可以看出，苏州人所崇尚的人物不是英雄猛士，而是才子佳人。

因为英雄带了许多血气是消费不得的，血总是浓于水。苏州人性喜清淡，又特别乐水：所谓"早晨皮包水，下午水包皮"，喝茶、洗澡。喝茶之时，洗澡之余，说点水性杨花，才十分匹配。

吴文化是一条黄纸板糊出的小巷，我们在里面跌打滚爬，想出来又不想出来。

明月前身

近来蠢蠢欲动,似乎有一篇文章在灯火阑珊处约我。几次都想抽身前往,却又迟迟下不了决心。我总觉得火气未脱,仿佛刚出窑的青花瓷瓶,需要泥里或水中埋浸多时。这样处理过的花瓶,插花花期也会长些。于青花瓷瓶,日常我只配置一种花,须在冬季:白色的山茶,要不朱色的山茶,或朴素如青衣,或幻华如花旦。幻华的境界,春夜酒后才有更好的体会。这时,人是微醉,月色在庭院的树梢上飞白,团坐的女子们拥出一朵肥硕牡丹。女子们照例都是可爱的。牡丹的美不在富贵,美在空洞。幻华、空洞过后,笑眯眯地像在吃粥。

我要写的这一篇文章,已等得我有些不耐烦了。写作,实在是和今生无关的事业,与前世有约吧。行文至此,我返回到草稿顶头,写下"明月前身"四字,算作题目。我大概知道些内容了。那些碎片原是一册书,白云漫卷,这个题目也许能把它再次线装一番。

我知道我要写的是苏州。

蘇州。

还是不愿下笔，我在等一个梦：苏州搬到一叶毛边纸上。起码也要让人读到这一篇文章，以为是在翻看一本三四十年前的杂志，纸页脱尽火气，并非年老色衰。我特别欢喜旧纸，到手已不会哗哗作响，如粉粉的蝶翅，指尖和呼吸一触及它就会消逝。我可能永无这种才能把一篇文章写成毛边纸或旧杂志的感觉，但我不能不怀旧。一个社会如果缺乏怀旧的人，那会比没有新观念更枯燥乏味。只是怀旧毕竟不合时宜。有时却合乎时尚。想到这里，怀旧的情绪有些散淡，文章尽管还没有写出，注定已是断断续续的了。

因为月亮只在星稀的晚上澄澈。

我就一个人去散步。那时，我住通关坊，和父母亲一起生活。父亲朋友较多，只要来客超过三位，我就出门：从通关坊到锦帆路再到穿心街，然后，从穿心街到锦帆路再回到通关坊。锦帆路路名和张季鹰有关，秋风起来，他顿生"莼鲈之思"，便锦帆高挂涉水还乡。潇洒如此，俨然高士。但我实在不欢喜"锦"这个字。衣锦还乡在张季鹰心中，意思还是浓郁。吴中闲人有两类：一类是做过官的闲人，一类是有手艺的闲人。没有隐士。有人说吴文化是隐士文化，那不准确。园林发达的确发达，也只不过一个店铺而已，经营的花木、古董、字画和家具暂不出售罢了。其实也出售，向虚名买卖着更虚的氛围。还乡的官僚和精明的手艺人（诗人艺术家也属此类）抱成一团，有钱有闲，自然消费得起。

"薄如蝉翼的文化。"

即便现在苏州，盛名的也是园林。苏州园林，仿佛杂色社会一般，富贵的是拙政园，因为拙政，所以能够敛财；穷困的，印象中则沧浪亭，一种艺术上的极少，趣味却并不寒酸。沧浪亭是苏州幸存的最古老园林，据说沿河一带黄石堆叠的假山，还是宋代原作，平中见奇，很有点"以文为诗"味道。我偏爱它后面天井，块石铺地，了无杂草，平平仄仄的诗词格律还没有被填赋字句。天井四角，四棵大树，我一棵也不认识。这四棵一样的树。在这个天井里，当没有其他游客，我颇觉理趣，禅不就是一个最不讲道理的道理吗？而血液里的酒精度减弱，始具禅茶之味，宋代就是如此：一种中年型文化。苏州好像到了宋代就再没有走出。所以，苏州是既没有青年人，又没有老年人，停留在这样的时空——激情的尾声，衰老的序曲。仿佛那方天井，安安静静，没有激动，也没有伤感。无力纵情，就去养生，但欲望是不绝的。这种欲望，有时会在几个人身上尤其明显地表现出来。

那些人,是畸形的怪才,书法里的偏锋。唐伯虎,金圣叹,等等,等等。虽然锐利,毕竟浇薄。他们或许会品味生活、享受生命,但痛苦在他们那里,最后总会吵闹成一出喜剧。起码可以当喜剧看。书法一字,偏锋是作不得顶天立地的一竖,只能偶尔成些撇捺短打,无非大家论语之际,猛听到角落里的咳嗽,使一本正经稍微放松罢了。中国文化中怪才太多,苏州更是代有传人。生在泽国,灵性自见,在洞彻红尘之后,不能去学高僧苦修,往往作为精神上的嫖客,笑闹人生,玩世不恭。在苏州,所谓文化精英无非就是这些精神上的嫖客。

别说荆轲,连一个梦游的刺客都找不到。

心田迷醉,狂生出虚妄竹叶,落在哪一个晚上!

落得很厚,而你我竟一无所知,只是头顶上的黑暗突然稀薄(竹枝光光),方若有所悟。哈哈,若有所悟。一抬头,月亮也醉了,醉在你我醉后,它饮几斗酒呢?善醉者滴酒不沾。那时,你已回家,我只得空守酒坛,似乎哨兵,你若归来,这里已是白茫茫一片真干净——

澄澈的月下,我想起张季鹰想起过的莼菜了。

莼菜的确好吃。纯粹。一般做汤。我曾吃过莼菜炒鱼脑,恶俗。

曾经自创凉菜一道：莼菜拌银耳。稍嫌生硬，但还不失清味。清时有味是无能。屏息安神，调羹沉底，不动声色，小心翼翼，再吐故罢，复纳新后，往莼菜至上处把调羹轻浮，轻浮，轻浮，快欲问世出道时，更须养天地浩然之气在口腹，可听宇宙浩荡，能闻流言四伏，这时大胆一提，旁若无人，所向披靡，满满地莼菜呀就被收拾到调羹里。调羹捕莼，焉知鸟嘴在后，浅浅急急捞捞昏昏，往往擦肩而过。因为莼菜腻滑、幻华，思之容易，食之难矣。

想想莼菜吃法——亦如饮茶，都是工笔画一类的事，忽觉琐屑无聊。有聊时故人不来，让我与谁对话：虚无，还是虚无！无聊，即没有说法，那么，只得自己取法。

许多年前，我居住在老房子的阁楼上，深夜，常常打开唯一的小窗，俯视月光下的屋顶，好像置身于积霜大地。凑巧顺风，就能听到远处火车奔驰。

大铁桥隆隆响了。火车像一个全身着火的人，一扇又一扇灯火透亮的窗口，疾跑过去。其实，火车是在那里转弯。

大片的黑暗，又从水稻田里升起。钢轨，划出毫无节制的等号：

这边加上那边，等于寂静。

那边加上这边，等于寂静。

如此寂静，又遇明月，即使身处炎热的夏天，也会禁不住想到梅花。梅花开的时候,我们都去赏梅。但我只记住独自去的那一次,沿着太湖,骑着自行车,仿佛一枚唱针,总落不到唱片上去。女孩脸上的笑,是涟漪,而湖面上的涟漪,如一碗冷了的面条。梅花几乎没看到,人比梅花闹。梅花深处有座著名的寺院,也是苏州名胜之一。寺院里也不寂静,因为著名。但不管香火多么旺盛的寺院,既然是寺院,总有其寂静韵律。更接近落寞的色相。眼光循着那种韵律弥散开去,就遭遇杏黄宫墙,这个"宫"——"迷宫"之"宫"。杏黄的墙面让我沉入无望潭水,感到冷是因为至深。

至深即清凉。

我看到嵌在墙上的一块碑,不知谁人所书,上写"般若船"。

我更愿意把这三字解释为,"般"字"若"是"船"字,只差右下角那么一点,就与浩瀚大水无缘,永远这边,而不能去到那边。或者永远只得在那边,而没有这边。

"轰——隆隆!隆隆!"我加上你,等于他。你的手在我手中,宛如一柄石斧……把黑暗砍成碎块,巨大的光束投过来,在这巨大的光束下,我看到附近学校里的两个学生接着吻,光束像一辆铲车把他们铲起,飞快地抛掷在寂静之中。杏黄的蝴蝶不见了,他踢着从车窗里扔下的罐头盒(这个想象中的我),一蹦一蹦离开加号,跳上毫无节制的等号,做出一个保持平衡的姿势。而月光如水。

既然与船无缘,那么,就改乘火车吧。

于是,一个月明的晚上,我乘上火车,离开苏州。这是个该与家人团圆的日子,我却和他们分别。我曾无数次地离开苏州——去去又转来——这次很难忘记,因为在火车上,我的钱包被偷:那些自我放逐的本钱。但也就在这一个月明的晚上,我把苏州之外的一切地方都看作故乡。

古老花园

一

独居陋室,有位老人。往来无白丁,谈笑也没有鸿儒。我去拜访,老人说要给我看座花园。与老人交往多年,我竟一无所知。

老人拿出一张纸。

圆圈,方块,上面用毛笔画了。还有几根曲线。

"你想造一座花园?"

"我已造好十年。"

我为老人的念头感到奇怪。

告别之际,老人一定要把这座花园送我。那张纸递到我手里,老人说:"我还要再造一座,一个人有两座花园是奢侈的。"

我谢过老人。到家后随随便便往抽屉里一塞——这一座营建十年的花园。前几天我要找几个地址,又看到那张纸,几乎有一片月光慷慨地照着这座花园,我在其中散步,感到老人的清气和暖意。

二

苏州疏通大运河时候,很偶然发现一座花园遗址,据说是晋代的。首先发掘出一些石块,最后还是一些石块。有的长方形,有的圆柱形。根据这些石块,中国当代负有盛名的园林学家认为,它就是见诸记载的"园园"。经过半年时间,基本恢复原样:

它的围墙其实是用石柱编织的篱笆,疏疏的,园外景致隔而不阻地进到园内:像一条长河,流动时遇到石头,激起点水花后又朝前流去。园内有一个方整池塘,池塘中央,有块大石。大石上有座房子,有屋顶,但没有墙,墙也是用石柱编织的篱笆,这样,园内景致隔而不阻地进到房内:像一条长河,流动时遇到石头,激起点水花后又朝前流去。池上不架桥,想必是要划一小船到上面去的。一个晋人坐在房内,就能看到园内园外的景致:被分割为条幅大小。一个现代人就看不到什么了。因为园外已非青山绿水、茂林修竹,而是一家规模颇大的乡办化工厂。

据《百城烟水》记载:"(园园)凿地为池,虚墙空屋,花香云影,皓月澄波,纳凉延爽,真是绝尘胜境。"看来园园在古代是个有关季节的园林,设想春秋之际,坐在屋内,脚下铺层浅浅的白沙,看着园内的花草,而园外的山水又传染上来,自然至极。但又不是自然的,因为恰到好处被石头篱笆人工一下。

三

一株宋代山茶,在云南可能不稀罕,苏州就是凤毛麟角。清朝中叶的一位状元择地建宅,选中有这株山茶的地方。这样山茶就如轴心,辐射开森森的状元宅第。山茶花开得雪白,《西江月》下《念奴娇》一般。当初状元并不觉得阔(所以他另外地方还有读书处),现在百姓挤着几十户也不觉得窄。雕栏、凉亭都不见了,池塘也填上土,蚊子在夏天里嗡嗡乱讲,就是不讲卫生。只有这株白山茶花还在天井里宋词一番,住户也挺喜爱,给它施肥,还把小姑娘家的黑猫埋在根部。

黑猫临死时候,眼睛碧绿一下,小姑娘还记得。

如今,小姑娘已是《眼儿媚》的中学生了。她采朵白山茶花,那天天井里,还有点积雪。采花时候,她摇动树枝,雪落到后颈,冷得吐吐舌头。邻居老阿姨见到,不乐意,说:

"怎么采花呢?这是宋代的树。"

"花是宋代的吗?我看它今天才开!"小姑娘也不乐意了。

宋代树下,要采还是到李清照或朱淑真的集子里去采《蝶恋花》吧。《蝶恋花》这词牌名小姑娘是知道的,课本里有。但小姑娘的话有趣,我想在这株山茶花树上,也许还有元代的枝条、明代的枝条和清代的枝条吧,而花都是目前的。这句话随随便便一说,有底蕴,是文化遗传吧:伤春、惜春,"新春不换旧情怀"(朱淑真)。这小姑娘或许是新形势里的林黛玉。她采花的一瞬,左脚尖悄悄跷起,轻袅合于手指,那手指是目前的手指吗?起码,这姿势八成是过去式。就像我用筷子夹住饭菜,但姿势却不是我的——在我之前,使用筷子的姿势早已打开那里。

你我都是被姿势通过的人,而已。

当天夜里奇冷,小姑娘插花的花瓶冻裂:山茶花被一坨冰咬紧在不无浑浊的透明之中。那些冰纹,极其白皙,仿佛白山茶花花瓣边缘;花瓣有点萎缩,花蕊就像穿件露背衣,裸现大块金黄。更像玛丽莲·梦露的头发。

四

我想写一下镜园。园主是民国时期红遍大江南北的作家,鸳鸯蝴蝶一派,一部《新金瓶梅》让他发财,先在报纸上连载,后来又出单行本,又再版,得了比西门庆院里的葡萄还要饱满的稿费后,就到苏州造下这座镜园。镜园不大,只有五分之一亩,他别出心裁在园子的四面墙上贴满镜子。

亭台楼阁、名花异草就一次次地再版出来。

坐在亭子里,望望镜园,有不真实之美。但这不真实之美美到实不真地步,就产生极大诱惑:使人想去镜中的亭子里站站立立蹲蹲坐坐。以致后来,反而对身居其中的实有其事产生怀疑。他的怀疑越来越大,就开始拆园,先拆掉亭子,镜中突出真实一块。为了使真实面越来越大,又开始拆楼台——楼台是更不真实的,因为近水,平添一份倒影。他最后终于使镜子只反映虚室生白的真实。

他把握真实了:镜子里映出的还是镜子。但还有一点小小斑疵,他没有把自己拆掉。于是,用一根绳子,他把自己拉倒。镜园遗址还在,小说家后人经营一家挺有名气的照相馆,馆名"你看你"。

照片是"另一种形式"的镜子。

五

写到这一章,实在无话可说,要说也是第六章的话。为了求得"一种形式"上的四平八稳,即两两相对,故安排下这一章。有点像苏州评弹里的"弄堂书"。完全可以把这一章看作花园里的月洞门,现在，穿过这个月洞门，到第六章去吧。

六

草稿上的题目是《古老园林》，但我在这里不喜欢"园林"这词，隐逸味太重，用"花园"，似乎有点活气。"园林"与"花园"是两个概念。欧洲花园大都平实，结构上是直线的（大而化之的说法，英国就是例外），有阳光照耀的感觉；而中国园林蕴藉得很，可以说是曲线的，被月光浸润的所在。这是文化趣味上的不同带来，无所谓高下，但园林的出现，我以为对中国艺术中的两个门类是个冲击：

一为雕塑；

一为小说。

园林的主体是堆叠假山，造园人已把偌大的一块作为一件雕塑来处理了，所以对具体的雕塑品已无兴趣。欧洲人在花园里布置许多青铜或大理石雕塑，中国人只使用现成品：把太湖石搬进园林。我们把雕塑泛化了，泛化成一座座皇家园林或私人园林。

而小说的历来不昌盛，是因为识字阶级们大抵有园可游，园林在某种意义上讲，就是一部章回小说：园林中的长廊——情节线；四季的变化——内容；也有高潮，那楼阁更上一层，风景也就迭出；

而亭台中的楹联不就是回目吗?所以游古典园林,从前门进去是讲究,不要走后门。一派胡言。

我就是第一章中在纸上造园的老人,由于吴文化熏陶,尽管才过而立之年,想来也快百岁高龄。

南方的大路

调丰巷十四号。

小时候,我就住在十四号里。有一年修理地板,地板下找到铜钱、玻璃弹子、铁夹,最醒目的是一块木板,上面秩序井然地刻满一个个方头方腿、整手整脚的仿宋体字。一个个都是反字,我只认得几个:

刀 人 木 回

好像只认得这四个字。前面三个是名词,后面一个是动词。是动词吗?

这是印刷用的。

回到用来印刷的木板,上面还有一层残破的油墨痕迹,木板的肉暗红、晶亮,十分结实。有几次狠狠往天井里摔去,都没有摔坏。

地板下有一块这个东西，不是奇怪事情。我爷爷曾在印刷厂工作，刚解放就死了。他患有心脏病，据好婆讲，完全被吓出来的。东洋人来了，我爷爷沦陷上海，要往苏州逃。好婆和我爸爸、叔叔、姑姑，还有我爷爷的姐姐与弟弟都在苏州。交通已经不通，花费五块银洋，他租条小船。

在黑暗的河流上，一条小船悄无声息地要回故乡。

到了昆山地界，东洋人正在这里扔炸弹。

火光一闪，大红的一片。

在我爷爷死后的十多年，我爸爸结婚，生下我。一次，我妈妈抱着我的时候——那时，我还不会开口说话——好婆与我爷爷的姐姐在一旁逗我。我妈妈把我抱着，坐在小板凳上。

我忽然大哭起来。我见到我爷爷。他一出现，我就知道：他是我的爷爷。我至今还不知道这是什么道理，但我相信我真的遇到过这回事。

他剃着个光头

脸盘大大的

眼睛有些凸出

穿着件白中山装因为人瘦弱像披着似的

在飞舞

在他上面

是一块湛蓝的晴天

他的两只干净的脚掌好像树枝上粉红的硕大的花朵

风呼呼

（前几天，好婆偶尔对我讲起，爷爷每天早晨起身后，还要洗一次脚，洗得发白，然后，再去上班。）

他想用手摸摸我头的时候，我被吓哭了。我知道他是我亲切的祖先，但我还是害怕。好婆与我爷爷的姐姐抬起了头，高声叫着：

"阿爹！"

"阿爹！"

"阿爹"是吴方言，就是"爷爷"的意思。

妈妈胆子比较小，她搂住我，闭起眼睛，我被她抱成一团。我像掉在一堆空虚的棉花里。

发现仿宋体字木板那年，我大概七岁。

见到我爷爷时，我实足是七个月光景。

天井里铺满石板，四周都种着鸡冠花。鸡冠花有红与白两种，大多数是红的，只是有偶尔的几枝白花。

雄壮的鸡冠花沾着水珠，红釉彩似的，亮晶晶。

不规则石板，铺到一起的时候，契合得很好，像一整块石板，在天井里铺好后，再用榔头敲几下，碎成极有韵味的冰纹。冰纹——石缝里生着微小的碧草。细叶绝薄，不起油光，摘一片，放到阳光里时，光线能很轻松地透到背面。

中间几块石板被撬掉了，青砖一围，就是个简单花坛。

种凤仙花。

凤仙花有白与红两种。大多数是白的，只是有偶尔的几枝红花。据说开白花的凤仙能治关节炎。江南地方阴湿，一些人关节疼痛，偏方自然很多。

五六年级的小女学生，常用凤仙花瓣染指甲，我也跟着学。所以凤仙花又叫"指甲花"。吴方言把"指甲"念成"接客"的音，"指甲花"，你用吴方言一读，就是"接客花"。短促、急迫的音节，带给人一种神秘的、偷情的、晦涩但又是欢悦的感觉。

大概到立秋这个节气，老好婆们挑开白花的凤仙花，连根拔起，切碎了，包进纱布，敷在膝盖上，用手一下一下捶打。

黑丝绸的裤管在大腿上部摇晃。松弛的、雪白的小腿肚，由于手在膝盖上捶打的缘故，悠悠又细细地颤动。仿佛藻类或者纱在活活水中漂摆。又像一只只装满粮食的布袋，粮食一天天少下去，布袋上部开始萎瘪，自然地垂垮下来。

她们说笑着。年轻时候，一定是出色的女子，文静、优雅、有教养，几十年的人生经历，在她们捶打着膝盖的时候，显露出来。

而凤仙根与茎的汁液，顺着小腿肚往下挂，弄湿了拖鞋。天井里满是凤仙的清香和叶片。

红漆已经剥落。

一扇门。

我用指甲尖刮着漆皮，看漆屑慢慢地沾满指甲盖。漆屑沾在皮肤上，有一种酥痒痒的愉快的感觉。能看到门面上有木纹，水纹般一圈一圈地从中心往外面漾开，似乎能听到漩涡的响声。我的眼光被它吸了进去，却从另一面出来。我看到门后的桌子和木板凳。坐在木板凳上的一对男女。男的手在热气中动作。在我头顶上，有一个黄铜锁眼。我用草棍往锁眼里捅着，妄想打开一扇门。

……我现在还清楚地记得当时我看见他从一张椅子上站了起来。门，敞开着。他站了起来，大概是想到门外去，也大概是想把门关上。他站了起来，还没有迈出步子，就朝一边倒去。慢慢的。他的头似乎是轻轻地触到地上。就这样中风死了。

没有发出很大的响声。

很容易的事情。

后来还发生点什么我都忘记了。

不麻烦，很容易的事情。

老好婆们对他的死表示惋惜，但又说他是福气的，死得干脆。一下子过去，不拖泥带水。

想起邻居中还有一个叫二马的人。当时,他二十来岁吧。在我好婆面前,待我极善。大家都说他是最懂道理的年轻人。但一等到没人的时候,他就拧住我的耳朵,说:"你再动我家的椅子,看我不拧下你的耳朵!"

很小的时候,我就表现出对诗歌的爱好。一天,我在一张纸片上涂写着什么,二马问:"干什么?"

"写诗。"

我原本以为他会夸奖我两句。不料,二马脸一横,说:"你还配写诗?做鞋匠的料子。"

我第一次受到的大伤害就是这么件事。我躲在黑暗的一角,痛哭流涕。我不愿干鞋匠,因为前不久就有一个鞋匠被枪毙了。

他年纪也已不小,是S城颇有名气的鞋匠。那时不能公开营业,他只得偷偷地给人做鞋。他做的鞋子款式特别好,时髦男女曲曲折折地都会找到他。

一九七一年三月十七日。我记住了这个日子,因为,是我九岁生日。一个摩登女郎去找他做鞋。鞋匠一阵发热,把她放倒在一大堆蜡线、钉子、牛皮和刺鼻的气味上。她挣扎着,并发出喊叫。鞋匠顺手操过一把榔头,(熟练地像敲一枚小鞋钉似的)往她太阳穴上一敲。

榔头一下就掉到了酱缸里去。

鞋匠摇摇晃晃地跑到街上。中午辉煌的阳光，使他眼睛昏花。太阳好像是绿的。绕着 S 城四四方方地溜了一大圈后，鞋匠又抬头看看太阳，太阳变白了。鞋匠开始心平气和，衣锦还乡似的回到了他的秘密鞋铺。

拉过椅子，坐下。

喝水。

喝水。

喝水完毕，就脱了她的鞋子，捏在手上，不屑地看了一眼，往墙角落一扔。托住丝袜的脚，为她量量尺寸。尽管还粉红着（粉红的颜色透过透明的、白皙的丝袜照射出来），但她脚早已经没有肉感了。在昏暗的灯光下，鞋匠做起皮鞋。他决定用一张上等牛皮。

他嘀咕着："反正，我早赔了。"

法医验尸的时候，说："死胚还是个处女呢。"

声音里似乎带着一种怜惜，或者更确切地说是遗憾。

这是后话。

现在我每天上班，都要路过一个废弃了的教堂，空荡荡的，地上长满了草。连一个最虔诚的信徒也不到这里来。这里很静。

一九九四年夏天的一个无汗之日改抄一九八七年秋天写的一篇旧稿子，在苏州的某座屋顶下。忽忽许多年过去了，我竟没有多少长进。尽管上进心是有的。盘腿而记。

苏州闲话

我一直以为，地方性的"性"，被方言所决定。方言是思维，方言思维决定或者说影响那块地方上人的行为方式。一方水土养一方人，在我看来，更是一方方言养一方人。和陕北人讲话，一听他们开口，你就知道他们决不会刺绣，他们也不屑，他们的绝活是敲锣打鼓。方言是活文化，它不仅仅活在我们的舌头上，更是活在我们血液中的东西，在我们的日常生活中起着（确认与规范）作用。

教科书里说到吴方言，就说上海话是吴方言代表，我对这种说法不以为然。把上海话作为吴方言的代表，是从城市规模和经济角度说的，这是统计学上的问题，而从语言发生学上看，就不是这么一回事。我可以这么说，苏州话是吴方言的真正的代表，无论从文明方面看这个问题，还是从传承，以及现在的日常生活，苏州话都当之无愧。这不是要和上海争个高低，我这么说，是对中国语言的时间性与纯粹性的重视和爱护。上海当然好地方，但因为它所处的地理位置和它曾在中国历史上扮演过的角色，使它或多或少都有点"洋泾浜"。所以上海话也就难逃"洋泾浜"这个宿命，所以作我们吴方言代表自然也就有些牵强。打个比方，把吴方言看作英语，苏州话是伦敦口音，上海话是纽约俚语。明白了吧。"不明白！"

正宗苏州话？这个话题有点困难。现在是大苏州概念，昆山、太仓、常熟这些地方的话，说它们是苏州话，就有点抹杀它们的个性。但可以看作苏州话的覆盖范围，或者叫大苏州话。也可以叫泛苏州话。苏州评弹里的苏州话是不是正宗苏州话呢？它是被艺术了的苏州话。可能正宗苏州话是以前生活在护城河内人们的口语，它有一点卷气。

十多年前，我与一位老先生共同关心过——苏州话作为一种资源的流失与断层——这样一个问题。我们曾经想给教育部门建议，希望在苏州小学校里开设"苏州话"这门课。对苏州话保护，和保护苏州园林应该是一样的。在我看来，苏州园林也是苏州话的外化。一些人觉得我脑子有问题，苏州话还要保护？我说我把苏州话说成是我们的文化财富，我不说你们也知道，我说苏州话也是我们的经济财富，你们想到这一点没有？当然，这需要时间。经济财富有两大块，一块是显性结构，另一块是隐性结构，而隐性结构常常决定显性结构的发展、方向与机遇。最起码它也能增加一个地方的凝聚力吧。为什么要保护苏州话？我现在外地，很少想这个问题了，刚才走在路上，想了想，保护苏州话，其实是对苏州人形象的保护，从国内目前几个经济发展较快地区的人的形象来看，苏州人的形象还不错。苏州话，是苏州人形象的硬件因为没有什么能比方言那样更能体现出作为群体的一个象征。你说苏州山青水秀，但你总不能带着山青水秀到处跑，人家也见不到。而苏州话就能随口带着，又方便又实惠。我前不久在鹿特丹国际诗歌节上朗诵的部分诗歌就是用苏州话朗诵的，一位比利时听众找到我，他会七国语言，他说他原先以为意大利语最动听，想不到苏州话也这么有魅力，一个人在这么的语言氛围里，心情一定很好吧？他问我。我说什么时候你到苏州看看，满大街找不到愁眉苦脸的。像我这愁眉苦脸的，在苏州就活不下去，只得跑北京混了。

以前人一听到上海话，就认为是有钱有见识的来了；听到北京话，就有某种官场感觉。可能情况也是如此。这几年做生意的都会说几句广东话。这就是语言的象征，自然也就是权力与等级。对此，我没什么认识，就像英语，它就是能够在全世界处于强势地位。冰冻三尺，非一日之寒。

苏州人在"话"前加一"闲"字，闲话闲话，苏州闲话，这个"闲"字极有底蕴，读一点古文旧诗的都知道，"闲"这个字在其中比比皆是，这个"闲"是中国人的生命哲学，不是说老歇着，不做事，而是说凡事要往从容里做，也就是笃定，也就是写意。这个"闲"字给予苏州一种品位，与其他城市相比，它有独特的风度，以前苏州格局不大，但人的生活却并不局促。

变 化

来过苏州的外地朋友,走时一般都会笑眯眯地对我说上这么句话:

"你住在迷宫里。"

特别是前几年博尔赫斯较为流行时候。我想他们之所以会有迷宫感觉,大概苏州小巷密集的缘故吧。而现在,苏州小巷越来越少,像一座竹园里的竹子,已被砍伐得七零八落。拆去小巷,拓为大路,"条条大路通罗马"——这个"罗马",就是发展。好像以前就不是发展似的。

我仿佛住在广场上。

或者,住在一个庞大的建筑工地。

的确有点怅然。但我的怅然,细想起来,和我在小巷里度过太多的日子有关。从某种角度而言,人并不"喜新厌旧",而是"喜新恋旧"。我怀念小巷,怀念老房子(一宅一宅老房子构成小巷),

其实是在怀念一份情感。甚至连情感也说不上,只是怀念或者更多地是在想象某类氛围。

如果现在让我搬回老房子里居住,毫不犹豫,我一口拒绝。新公房毕竟方便、实用、合理得多了。比如:你不用走很远的路去上厕所;比如:你和妻子争执几句,也不会仿佛揭竿而起周围聚集十多位邻居。其实夫妻间本没什么事,邻居们的劝解非但不会中止争吵,还会使一对夫妻为了面子差点打起来。

但人还真有趣。有时候就是喜欢一些鸡毛蒜皮搬弄口舌的世俗琐事。喜欢清静,但觉得已经清静一阵了,就又喜欢被人打扰一下;喜欢守住自己的"隐私",但觉得无人注意你时,就开始极心甘情愿地被人刺探一番。这一类社交方式,老房子里被经常施用,一个愿打,一个愿挨。而在新公房里,情况却常常如此:"机(收录机、电视机)犬(家庭宠物)之声相闻,老死不相往来。"这倒也成为新游戏规则。

老房子和新公房的不同人际关系,和建筑结构有关。是否能这样说:建筑结构会产生和改变人与人之间的关系。如一宅老房子里的邻居,拆迁时碰巧又搬在同一幢新公房里,开始呢,还客串客串,到后来就互不干涉。建筑结构在影响人际关系时,更会影响集体和个人的感知感觉。过去苏州多小巷、多老房子,结构都较为精巧,甚至是琐碎的,而苏州人对世界的感知感觉也是如此。现在居住的几乎是"地球村"里的模式住房,那么我想苏州人的某些器官也会随之发生变化。那么,若干年后,外地的朋友再到苏州来玩,会说什么呢?

宋瓦杂抄

烟雨江南

上阳台看脚底小巷，有穿黄雨披者被电线割成一页乐谱。烟雨江南，登高眺望，才是江南烟雨。骑车路途，只得雨的萧飒，无烟之婉约。借树梢头，烟色层层渲染开去，傅过一块又一块屋顶，直到淡化至高塔影。以前不知此塔的人，烟雨中会忽略那一竖灰痕：看不出这在苏州城里属最大最高的浮图。雨在远处，密密为烟。烟在远处，如南渡后的漱玉词。江南在烟雨中。刚才，我写下"烟雨江南"四字，感觉春色盈纸，其实现在正处"九"里，雨中上班，很是懊糟，但登上设在四楼的办公室，心里就廓然了。书于《本年度潮湿》后，遥忆此人。

听　说

　　寒山寺一带现在也很热闹，八十年代初，还是颇为冷清。有一茶馆，茶博士提着铜壶在桌子间掌故般穿插——这是我听人说的。

　　听人说，孵茶馆的茶客手捧茶壶，壶嘴只能正对自己，壶嘴向人，极不礼貌，呼为"炮台"。想炮打司令部不成？找什么人时，才可以把壶嘴从自己鼻子底下挪开，斜戳于外，眼观四方一刻不歇的茶博士立马跑来探问。这是老早头茶馆规矩。

　　这家茶馆我寻访过几回，一直未能找到。它还兼书场，到下午，茶客若不想走的，再另加些微书钱即可听书——这也是我听人说的。

　　想象十年前我坐在这家茶馆里，门窗都已蔽旧，北风来凑热闹，热茶也就喝得紧，而说书先生正拿起弦子，弹唱出《林冲踏雪》。一抬眼，沧州的雪已下到苏州城外，道路皆白。雪还在得寸进尺。

渔翁和樵夫

　　华亭中，正在纳凉的董其昌把西瓜一剖为二：一半倒往"南宗"，另一半则滑向"北宗"。

　　抛开崇南贬北，从水墨关系上看，极有见地。"南宗"可以说是以水取意，"北宗"可以说是以墨求势。或水意解衣盘礴，或墨势正襟危坐，只是每位具体创作者的心态、抱负、修养和气质不同而已。

我想"南宗"是一个到河边汲水的渔翁，"北宗"则是樵夫一位，上得山去，砍来许多松枝。

急就章

"急就章吴郡宋克书"——吴郡的"郡"掩在"章草"之中，草色离离，像一头"鸭"，我曾错认为"鸭"字。只是吴鸭不出名，吴中出名的为陈圆圆、赛金花。

宋克所书，滋润妩媚，如玉环回眸，眼波未到，衣带先飘。

附记：读《急就章》（史游所撰，原名《急就篇》，是汉代学童的启蒙读物），心里快活，黑压压文字劈头而来，从中我读到打铁的人、贪吃的人、厨师、耕者、旅行家、造房叠屋的乡亲与大法官，等等，等等。文字淹没了人物、历史，历史和人物又悄悄地浮出文字。他们没有溺死。

南社人物两题

棠影中的周实丹

周实丹"南社"中人。"南社"以我来观，无非是一群才子的聚会。它最可能的出路，就是自生自灭。唱酬高谈之后，寻家酒馆一醉而四散。一醉甚至都做不到，有人畏酒。四散倒是真的。有点仿佛传说中的"竹林七贤"扩编，魏晋单篇到了近代成为组诗，量是不小，质总有些"卷上珠帘总不如"。柳亚子这时候还是明白人，他说："文人雅集，如此而已。"虽然"如此而已"，对我而言还是羡慕。"南社"不仅仅风雅，更"疯雅"。中国文化人一旦人生觉悟，就只得不是疯，就是癫；不是痴，就是狂。所谓宁静、淡泊，不过是营造的心境和无奈的做作。在险恶和严峻底下，疯癫痴狂就是不自然的最自然。"头颅尚在任吾狂"（宁调元），这不但是"南社"中人的现实感，也是他们的世界观。

"年十三,读美利坚独立史、法兰西革命纪,甚愤专制政体之惨无人道"的周实丹,是淮安人氏。他中过秀才,读过师范,一九一一年武昌起义使他大受鼓动,忙从南京返回故乡,招集数千名各界人士,草草搭出个演讲台,他跃上一呼,宣布光复。结果只能是被捕而去,不屈遇害。我想在周实丹内心,原准备以死了结。于《拟决绝词》中,他写道:"海枯石烂乾坤灭,尤为瓦全宁玉折。"看来中国文化人常常是热闹不得的,尤其是革命正闹热之时,往往会被"玉折"乱了方寸。只要寻到看客听众,就随时准备"无为瓦全"。如果革命是使人类更加文明,那么,文明所需要的并不是这"玉折"吧。周实丹的举措,或许与他生活中太富才情有关。有才情的人还是演义"武松打虎"为好。再说打虎自有武松,轮到他也只能演义"武松打虎"。

　　也许是受西方文明刺激,周实丹喜欢喝葡萄酒。酒酣之际,不择纸笔。第二天友人把他醉作拿给他看,他想不起来了,只是大笑:"真我所为?神来之笔呵!"或曰:"这般恶俗,定非我所作。"文人气的确很重。文人气的表现常会让人注意到这个范围:卖身醉乡和怜香惜玉。似乎与酒色之徒是无区别的。其实在悄悄用劲,痛苦也里边,欢乐也其中。

　　周实丹有位女友,名叫棠影。是他同乡。她颇识时势,曾说过这样的话:"找国女子堕于地狱数千年矣。余将乘飞船、控骏马,遍揽环球上之名山巨川，与其政治、风俗、语言文字，以一洗我女界之耻！"据说棠影除见识长之外，也极擅书法。其书学东坡——女子习苏字的不多。苏字很"裹"，心手都要着力。可惜他们是有缘无分，实在是有缘无钱。她的父亲把她许配富家子弟，棠影只得成为别人的新娘。她纵有天大抱负，一入侯门，从此也只得借酒浇愁，直至吐血而亡。我猜测棠影得了肺病。肺病是那个时代的流行音乐。经济在这则爱情故事中，留下大片阴影。情种没钱，其情也就难于横溢，只能遗恨满腹，横溢起文字。周实丹写过不少怀旧与哀念的诗作，可谓有血有泪，但在我看来，并无多少新鲜东西。因为在写这类诗时，他更像旧式文人，尽管怀着一些那个时代的新思想。

　　演讲革命，写诗爱情——企图使革命通过演讲来进行、爱情依靠写诗来完成，这大概就是周实丹一生的道路了。

　　棠影抑郁死后，周实丹画一幅"秋海棠"图，寄托他绵绵此恨，并广征题咏。棠影，是他现实生活中的一个梦幻呢，还是他艺术事件里的一次虚构？"秋海棠"这花我印象里没有见过，或者是遇见而不认识。手边恰有一本苏州已故老画师周天民编绘的《花卉画谱》，我就查查，得到以下文字：

　　秋海棠　秋海棠科，多年生草木，茎高二、三尺，有蒂红色，性喜阴湿。叶大心脏形，边有粗锯齿。秋月茎梢叶腋着花，浅红色四出花瓣,花瓣圆形,甚娇艳。黄蕊一枚,雌雄同株。叶背有红筋者,亦有白筋者,有八月春、相思草等名。

树上的苏曼殊

　　苏曼殊,会上树。不知道他怎么上去的,只看见他已坐在树梢。这是一棵樱桃树。而一位名妓,此时正端坐在黄包车上,手执团扇,款款而过。苏曼殊边摘边吃,樱桃的核也红艳,他随口一吐,就抖出条锦线,落入风尘,顿成一首又一首清艳明隽的小诗:"却扇一顾,倾城无色。"设想在以往的文学艺术史里,如果少了僧、妓两类,会失多少风趣!拂过他们的烟花柳丝,在纸面上竟成为深刻的虚幻。苏曼殊是个和妓女交往密切的和尚,妓女之外,还有许多女朋友。当然,妓女也是他的女朋友。情种往往成为高僧。因为情种最好的归宿就是出家做和尚。一等高僧常常是一等情种。近代两个高僧曼殊上人和弘一法师,就是如此。弘一有次登临雁荡,四面一望,说了个"愁"字。他是从"愁"而感悟到生命的"悲欣交集"。曼殊呢,是一个"哀"字,生命无非是无常和虚幻。而好色使这种无常和虚幻开出花朵。这是对生命极端的爱吧。曾经拿柄手枪要去刺杀已为保皇党首领康有为的苏曼殊,当他洞察到生命的底蕴,并领悟它时,就丢开这个念头,悲天悯人了。所以情种的出家,实在也是珍惜生命,保护自己。像蜗牛背着沉重的壳行走（一如清规戒律），遇到危险和威胁，就能绝妙好辞般缩回壳里，打起人生下一站的腹稿。还有就是无奈，芸芸众生之中，人似乎更难规矩为人，所以他怎么上树是不让人见到的。苏曼殊是水，他是从这一棵樱桃树的根部往上蔓延，最后，就到蓝天碧霄下轻微战栗的一枝树梢上。

好色的人大凡内心凄清。由于凄清而好色，由于好色而感到生命的虚幻，由于虚幻，所以就会如庄子所言"怒而飞"了。好色是一种境界，一个男子的人生经验到了出神入化的地步，才会具有。手不挥五弦，目在送归鸿。

好色的人，天目开启，不触不及，使琐碎的日常中，有一点哲学抑或艺术趣味。

……南方的庭院里，他们两人坐在凉亭边的石阶上。起先僵硬如清朝"春宫画"里的线条，不知是谁象形一片叶子，最先感受到风的那一片叶子。于是一个翻手为云，另一个就覆手为雨。他的目光越过她的肩膀、黑发，看到水池里的月亮。苍穹中的一轮月亮和水池里的一轮月亮似乎滚圆出一个轮回，禁不住，他泪水潸然。当她的手扶住他背部之际，像宇航员踏上空旷的月球……

万种风情，一尘不染。有时候力拭菱镜，无非是想看清镜中那一青瓷瓶里的朱色山茶。苏曼殊是见过水月的人。

"自是神仙沦小谪，不需惆怅忆芳容"，我盘腿写作此文已近两个小时，计划只写五、六百字，不料现在已近四张稿纸。此文原题《好色的苏曼殊》，觉得刺眼，就改成现在这个篇名。行文不免有些尴尬，像上不挨天，下不着地，因为在树上。所幸某些事物原是只可意会不可言传。既不可言传，行文自然疙瘩。是实情，也是托词。而孤雁的叫声却传递而来，我推门到了后园，只见月华如霜，竹叶醉影。唯见月华如霜，竹叶醉影。猛地一想，今生的苏曼殊前世或许是杜牧，那么来生会是谁呢？

泥 巴

一个人用泥巴创造了陶罐,它像人的部分躯干:会因欢乐、悲伤或惊叫而松开或收拢肌肤。在火的手掌之中,成为容纳得下大河的胃口。

一个人用泥巴创造了楔形文字,我们至今最容易辨认的,也只是:"泥巴"。

泥巴成为农业国家的象征。在清代,徐州大风早已停息,但汉高祖故乡的五色土,年年要向朝廷供奉,以做贡物、祭品。我们在案头清供水仙蜡梅自娱,而多年以前,皇帝葡匐天坛,抬眼望到金瓯里的彩色泥巴,会想起什么?这是一个国家向冥冥所能献出的一切——作为大地和大地上国家最为准确的概括。

泥巴是国家生长在体外的心脏。而航海的人,从碧绿的玻璃瓶拿出一块泥巴时,他就有了证据:把自己和乌贼以及玳瑁区别开来。

生命中的泥巴,哪怕多年以来没有水的滋润,早已干如草芥,但在这泥巴中还总能发现神圣手迹：我童年生活的模糊苍茫。现在我们都一尘不染，干净得要死。

——题记

巴黎公社使二十世纪七十年代的中国公社在我心目中是一个高唱《国际歌》的地方。我曾有一张有关巴黎公社的彩色画片，那年头，彩色印刷品稀少，除了领袖像，大都黑黑白白。在画片上，我用铅笔打上方格（像邻居美工所做的那样），小心翼翼地临摹着：社员们太多了，以致我失去耐心和内心。尽管那时中国，是一个制锁匠人的天下，但还是有那么几个洋人，确确实实进到我们居室。七十年代的中国乡村政治。有几年暑假，我都在我父亲的朋友那里——虎丘山下那个公社——每天晚上都喝稀饭，蚊子飞过粥碗之际，留下酱汁般的鹤影。一表三千里，我喊他表叔。表叔的住宅，屋后河流，房前是个打谷场。夜晚，纳凉的人在这里呼吸着空气中星星的凉水。记得走过桥去，是一片墓地，堆满了集体干草。集体干草之所以堆在墓地，也是防偷防盗的办法，比治保主任和民兵连长还要管用。在公社的夜晚，有一种敬天地畏鬼神的气氛。

我从没在夜晚走过桥去。我也没在夜晚去过河边：村里的妇女都在那里洗澡。拔节吧。抽穗吧。灌浆吧。洗净身体，但好像永远擦不去脚板底下的泥巴。她们又赤脚从打谷场上走过。一只硕大无

朋的粉绿蛾子,在湿漉漉的头顶上飞,飞呵飞,它的翅膀像梧桐叶。一只生在七十年代的昆虫,也会关注田头突然响起的高音喇叭:

"社员同志们注意,毛主席教导我们,'提高警惕,保卫祖国',现在,我把明天的天气情况预报一下……"

白天,我和公社里的孩子在墓地里玩,身上涂满泥巴,爬上草垛,让太阳暴晒。现在想来那些涂满泥巴的女孩,真如一长溜摆满货架而没有被打破的瓦罐。

泥巴在阳光里渐干渐硬,我们打赌,看谁先把臂腕上的泥巴刮光,其实是剥,剥自己的皮。我觉得疼,几乎要叫出声来。我们这些大地上的小孩,在意识深处,总想丢下泥巴,升往高处。

无云的高处,泥巴仿佛一架梯子,当我们由此登上的时候,它就落在了公社墙头。

看着垂垂老矣的祖母,我想起与她的两次外出经历。我与祖母有过两次外出经历,都是到铺镇那个地方。她的女儿女婿——我的姑母姑父,在隐蔽于铺镇的军工厂工作。那座厂三面高墙,还有一面临水,不急的流水,据说为汉水支流。我像一颗被钉住的骰子,永远三点:一点在家中,一点在厂区,一点在镇上小学。我"三点式"的铺镇生活,于是,我被三种语言领进糕饼店。家里:苏州话的云片糕;厂区:普通话的煎饼;而在学校,我不得不吞下铺镇方言,一些或冷或热的油馍。

方言是最初的泥巴，像婴儿身上胎记。但铺镇方言对我而言，却是石块。一些石块。若有若无的，我受到另一种方言伤害：为与同学融洽，我操起他们的话来了；课间，我与另一位苏州同学用苏白交谈，他们就在一旁笑，一旁跳，并学鸭子"呱呱"叫。他们把我们喊作"鸭子"——针对我们的方言发音。现在我以为他们抓住了特点。

我想方言是会引起战争的，小范围内就是打架。这是为泥巴的战争。在铺镇小学里我使用苏白，就像收复失地。

外地生活产生"遍插茱萸少一人"的异客，异客无非是到了目的地的旅行者。旅行：一种丢失泥巴的行为。而类似旅行的写作——就是在不断找回最初的泥巴。方言形成思维，是到罗马最近的道路。没有方言的城市，必定是被制造出来的城市，像这个铺镇上的军工厂终于制造出一架军用运输机。

那天，我们都爬到厂区楼顶看它试飞：它挺着一个黄色的大肚皮，像从厂门口走过来的穿着旧军装的书记。

再回到刚才话题，其实也是老话题：地方性是民族性的保证，方言思维又是地方性的证据。仿佛航海的人，从碧绿的玻璃瓶拿出一块泥巴。也就是说，在地球村里，每个国家都是一句方言而已。都泥巴大的一块。政治，外交，和我在铺镇小学里所干的差不多。

我想起，个，应该说还记得另一次旅行。母亲抱我在膝，剥橘子吃。

这也是我们母子迄今为止的唯一一次同在旅途。一只蜘蛛降落到母亲肩头,外祖父朝它喷口烟,云里雾里,蜘蛛高高在上地逃亡了。

蜗牛背着房子四处为家,而蜘蛛是扛着梯子的建筑工人,在这个世界的上面走动。

秋风,使他们的肉酱紫了。船舱外,纤夫们光着脊梁。这也是我迄今为止的唯一一次见到纤夫。我现在已不记得他们是拉着我们的坐船呢,还是其他船只?到了黎里镇上,已是晚霞鸭血。其实这不是我母亲故乡,即也不是我外祖父故乡,是我外祖父最后的工作地。外祖父渡过黄河之后,是一位地方越迁越小的邮政官。

头天晚上,我就发烧、腹泻、满布红斑。怕是水土不服。对我而言,是不服气这里的水土。反正我是结结实实哭闹一夜。一大早,外祖父就去请医生,母亲把我抱到门外,对着河水说:"让我儿子身上的不适掉到河里淹死吧。"

母亲常常会异想天开。现在也是如此。我觉得我的想象力,很大部分来自于母系社会。甚至影响到她的孙子。有一次,我儿子对他母亲说:"把你的心事统统扔到河里去,淹死它!"惊人的相像,并没有谁对他说过类似的话。我记得外祖父的屋前有座石塔,是经幢吧。孩子们折了纸飞机,看谁能掷过塔顶。就是经幢,但乡人们都叫它石塔。

掷过去,白色的一撇;掉下来,白色的一捺。处处有笔划,人呵,识字了。

黎里镇上的医生所开之药,迟迟不见效。外祖母说:"找苏州的土吧。"外祖母就把母亲的布鞋脱去,拔下银簪,先刮掉鞋底上她以为的黎里本地泥巴,接着,凑近一只空碗,精雕细琢般地往里刮她以为的苏州泥巴。刮得轻手轻脚,像是在擦,擦一根受潮的火柴。然后煎汤让我喝下。

习俗是民族文化的识字课本,也是对这个民族的心理暗示。对我这个孩子而言……我已忘记是不是产生效果。那一年,我三岁。而现在的我,早已相信,还可能深信:泥巴是我们的药。起码许多草药是从泥巴里长出来的。

(当初,我只是想写三个有关泥巴的片断,唯一安排的是把童年作其背景,因为泥巴使我能够返回,返回到地平线上大家的生活。后来,修改这篇松散的习作时我突然发现,它每一段在说一件事:

第一段,"涂抹在身上的具体的泥巴"。

第二段,"作为对方言一个不确切比喻的抽象的泥巴"。

第三段,"介于这两者之间或曰具体转换为抽象或曰物质变化为精神的民族文化、风俗习惯的泥巴"。

无意之中,居然分出层次,也很完整——这一块"三位一体"的泥巴;这一块概括三块泥巴的泥巴。)

流水账

《高山流水》第一本

我看"山"字,与其说是连绵峰岭,不如说是一记巴掌。而"水"字:大河及其旁支,汹涌澎湃,又若即若离:取得宇宙间神秘的相互联系,不需要某类结构加以制度。"山"字之形,唐宋元明清晰明了,"天地君亲师",那正中王权一竖,牢不可破,举而不疲。"水"字仿佛颠倒人影。但此人影,非芸芸众生,甚至,也不是家国象征。

它是我们伟大的光荣的正确的文化中知识分子崇高的理想之中心——王权色彩强烈又比喻地表达。它成就伦理,又代替性欲。威严乎?肃穆乎?滑稽滑稽也。其实滑稽的东西,往往已是大伙儿娱乐精神中不能缺乏之物。滑稽即腐败,腐败形式一种。所以许多年来,我们没有悲天悯人,只总是在腐败地寻求着说"山"不像人、说不像人还有点像"水"的史话。

有门了！这个有门的时代是为了让我们能够开门见"山"。于是，文明又闻名在河边的我们，"水"是留在X光片上的炎症支气管了。外感风邪，肺热脾湿引起，咳嗽痰盛，气促哮喘，不能躺卧，喉中作痒，胸膈满闷，老年痰喘，浙贝母，橘红，款冬花，党参，远志，麻黄，前胡，五味子，苦杏仁，苦心人作"山水画"——对山的刻画，可谓体面又会心，因为有刑法般的皴法指引道路，审判现实也罢理想也罢的自然。古代山水画皴法的严谨性，我想即使罗马法典也要比之不及。一位洋人认为（《亚洲艺术中的人类精神》一书作者），"山水画"是中国文人探索人类精神的工具。

　　是不是更像药方呢？

　　在奴隶社会，人的精神探索繁重和繁琐。这是另一个问题。关键能够得到安慰和稳定。所以皇帝们"旋转木马旋转木马哗啦啦啦啦"，但王权是不会也不可改变的。有人"舍得一身剐，敢把皇帝拉下马"，其实拉皇帝下马者也就是再扶皇帝上马人。万变不离其宗还不如一成不变。在这点上，皇帝们的理解力要比文人骚客更深刻，也更凶险。大至治国平天下，小到文以载道，有什么大小？"文以载道"一旦成为艺术家信仰，"道"就先捣毁艺术，然后，再收拾艺术家。利用小说，是一大发明。利用利用小说，则是发明的发明。中国人尤其中国文人，共同发明王权。一朝又一朝皇帝，无非是一次又一次侵吞这个专利而已。反正知识产权保护法从古至今尚不健全。

"山"：我看到王权撑手撑脚坐在它的宝座上，而文人和皇帝侍立左右。一个周瑜，一个黄盖。只是如果被打得太疼，不免离骚合诗文，或者悄悄梦想换一位脾气好点的皇帝如果可能那就大好。疼感消失，又会禁不住缅怀往日的风光与帝京了。

有一天，月明星稀，我与朋友散步河边。"水"五马分尸穿过我虚淡的身体，浩浩荡荡，涌向夜空。我惶惑。

《小桥流水》第二本

一九八六年初春，我去宜川。下汽车的时候，仿佛傍晚。刮起了小雪。这雪不是从天而降，只像被一阵土风从横里刮来。在寻找（于延安谷溪先生家中相识）玉奇住址的路上，我上趟厕所。望着曾被我风景一路看来的黄土高坡，它开始一点一点湿润。湿润地方，是褐色的。像拿破仑和王狗蛋的牛皮癣。我思故我痒——我已经两个月没有地方洗澡，不知道要寻找什么，我在陕北忙碌已经两个月。早早生的话，我或许投奔范仲淹，看在同乡面上，允我做个幕僚。早生的话，或许我是宝塔山下毛泽东手下的一个兵。像健在的老文艺兵，至今还能蹦蹦跳跳和热泪盈眶。晚生无奈，而宜川的初春是寒冷的。黄土坡渐渐地白了，我最大的幻觉既不是范仲淹的幕僚也不是毛泽东的兵，只浑身裹着肥皂泡，置身一只大浴缸里。

翌日，我与玉奇站在壶口瀑布前。玉奇考我："黄河流的是什么？"

"流的是土，流的是火，就是不流水。"我匆匆答卷。

一九六三年初春，我生于苏州。唐诗曰："君到姑苏见，人家尽枕河。"我家房子离河却隔着几条小巷，所以幸好没有弄湿过头发，更不用说鞋子。大概由于苏州城里小河太多的缘故，我反而没有听到流水声音。记得我的小学校门前，是一条河。父母总担心我会淹死，老师总担心我们会淹死。而放了学的我们，却常常聚集在河边的向日葵下，为了满足甜蜜的欲望而猎杀着蜜蜂。那时候，普天之下都是苦孩子。我们吃不起糖。

一分钱两颗的赤膊硬糖（即没有糖纸包装的廉价糖果），红红绿绿地会面于大玻璃罐中，苍蝇掉了进去，苍蝇比我们幸福。

我抓到一只蜜蜂。

我往手心里吐口唾沫，把蜜蜂尾部往唾沫里一按，一根见缝插针就被拉出，然后，撕开大腹便便，用一年级舌头，舔，甜！再然后，甜蜜的尸体抛到河里……

后来，来了许多人。他们填了河流，铲了向日葵，筑起防空洞。

一九七〇年的苏州，一个庞大的军事工地。我写作此文，是一九九四年夏天的某个下午，第十四届"世界杯"刚刚结束，巴西队艰难又合理地夺得冠军。我的房间里填满书籍、杂物，没有一张整齐桌子——就像苏州城里没有一条干净的河流。我拉过一张木凳，蹲坐在西瓜上,开始记起《流水账》。而窗外的苏州比我房间还要凌乱,拆拆建建,成为一个商业工地。这景象,似乎将永无宁日地继续下去。三十多年来,我好像没有出门过,都生活在这座四四方方城里,如楷书之"囚"。但我并非热爱才不离开。

外来和尚总念着"小桥流水"的经,但我认为它代表不了这个城市的文化。这个城市是一群散落的人,坐在家门口有一杯没一杯地喝着酒,时而往嘴里丢粒"五香豆",时而用纤长的手指(一般是食指)抠抠脚丫。

豆香脚臭,相得益彰。

听不见流水的声音。

曹聚仁说过苏州是一口棺材这话,那么我想装在这口棺材里的尸体,却是被香料熏蒸、香水浸泡。这是苏州的独特手艺和它当之无愧的骄傲。一切荣誉归于苏州——在它畸形、消费的文化背后,有的只是放诞,有的只是怪异,恰恰没有愤怒,恰恰没有痛苦。

一条黄河从身边擦过陕北的城镇。而苏州,却被一条条河流分割成碎块,由于自身纠纷,我们也就听不到集结、有力的流水。

《落花流水》第三本

"落花流水春去也""瑟瑟秋风今又是"。中国文人内心,好像只有春秋两季。好像也特别钟情春秋两季："怜春""悲秋"。实在也就是"自怜"和"自伤"。或许也"自强"，全不顾世态（夏之）炎（冬之）凉。而从心理时间看待，夏季和冬季似乎也要比春秋漫长。但春秋——容易感觉人生的变幻无常和匆匆一过吧。"怜春"和"伤秋"，匆促呵，匆促！所以，我这第三本《流水账》也只得短小呵短小。

回忆园路河山

我在苏州生活三十余年,那时,很少想到要去园林转转,好像从书店买书回家,并不急着阅读。现在每年回苏州小住,不去一下园林,回到北京后多多少少有些遗憾,一如借书,不及开卷就被归还。去年春节我回苏州,约上几个老朋友网师园吃茶,待客之际,园子里转了一圈。几乎不见人影,少有的静,这静,说是宁静又偏多落寞,说是寂静又不乏生气。或许宁静本身茕茕勃勃,谁知道。我站立片刻,某年暮春时节,初夏天气,衣衫轻薄,我在这里看到两三朵芍药花,像是看到一庭院芍药花。中国艺术以少胜多,自然在这样的氛围里,也就不以少为少。墙角一株垂柳,就是乡野漫卷的一座柳林。苏州园林里的片石断溪,实在是一山一水。人不在高,以品为高;园不在大,以小见大,拙政园不及网师园之处,就在这里。网师园里有座"一步桥",跨一步就能过去,我跨半天都没跨过——看那粉墙上的藤影,娑娑有声,此刻,没有风,只有夕光漫过。想不到藤影在夕光里也能娑娑有声。前年夏天我回苏州，常去艺圃吃茶。艺圃里有棵白皮松，真好。什么地方没有白皮松？但这棵白皮松长在艺圃里，真好。外地人游苏州园林，的确是游，从这里跑到那里；苏州人游苏州园林，找到茶室，坐下不动。苏州人游苏州园林仿佛只是吃茶。我现在又要吃茶又要那里跑到这里，说明已是半个苏州人了。或者我是两个人：一个我，是苏州人，另一个我，是外地人。我永远是苏州的外地人，即使不离开苏州，倒不一定是外地的苏州人，所以颇为自负。

想得起来的只有人民路：一条最为乏味的路。现在苏州小巷稀少，小巷稀少也不就是有路。现在苏州都是房子，来，来，我们开始跳房子。

现在想来，我童年时候的苏州还有许多河，我去河边玩。现在想来，去河边玩，也就是往河里扔小石子、砖块、泥巴。这是一种游戏，名之为"削水片"。现在想来，我倒有些精卫遗风。前世——难道我是一只精卫鸟？我一直以为我是蟑螂。或者螳螂。或者槟榔。为什么我的前世就不能是一棵树、一种植物？或者一口痰？我是在青春期才学会游泳的，游不长，一根筷子那么长。现在想来，那时候，四五六岁的时候，六七八岁的时候，八九十岁的时候，十一十二岁的时候，十二十三十四岁的时候，我没有淹死，现在想来，真是意外。

苏州的山不少。我叫得出名字的山不多，爬过的则更少。我第一次爬山，是读初中，与几个同学骑自行车去的，先去木渎，后来爬了灵岩山。山脚下有卖甘蔗的，不是一根一根卖，切成一节一节兜售。当时觉得新奇，因为在城里从没见过。灵岩山上有多宝佛塔、吴王井、玩月池。那时我都觉得意思不大，西施在池边玩月，还不及我班某女同学水龙头下洗饭盒多情。下山时候，碰到一个和尚上山，天气不太热，他轻描淡写地摇着一把白折扇。

天平山红叶江南有名，我去过几次，没觉得它红。苏州的秋天一点也不深，"秋尽江南草未凋"，的确如此。后山的几块荒石倒自在，不俗。自在了，就不俗。而不俗不一定自在。天平山还有"万笏朝天"一景，石头都像臣子上朝拿在手上的狭长板子，真的是像。苏州人唯唯诺诺，殃及山水，连天平山石头也只得臣服。

我不记得哪座山，山中有个水库，有一年夏天我们去游泳，走过一个当地人，他指着远处的水面高喊：

"看啊看，看啊看，那里漂只绣花鞋。"

我们竟感到一种恐惧，像是与生俱来的恐惧，吓得都往岸上爬。

有位朋友他住花山脚下，热爱小说，十分好客，城内的文学爱好者就常常去他那里喝酒聊天爬山放屁。花山上有段台阶，在一块巨石上凿出，人走其上，咚咚直响，似乎空心。狗跑其上，也会咚咚直响吗？有一次我们牵条大黄狗上山，我忽然想起，特意试试。

花山这个山名，我以为是苏州最好的山名。花山光秃秃的，以石为花，就更好了。但花山不屺，满眼荆棘。

下山后，我们发现自行车前轮后轮一概被人放气，我这位朋友就用土话叫骂，不一会儿，不知从哪里钻出个人，拿着打气筒，低着头很不好意思地给我们一一打上。我这位朋友说，如果他不在的话，那人就要收我们打气钱。山里人还是老实。

恋爱中的女子[1]

这几天心里颇不宁静。木格窗户上糊着棉筋纸,棉筋的丝缕泛出淡淡的湖水蓝色,透进室内的太阳光,仿佛一支单桨的声响。两棵梅树,影影漫漫成一堆绿色——梅叶在她看来比梅花耐看——这绿色是潮润的,不是一堆,而是一摊了。说是血,太浓烈;说是泪迹啼痕,又太轻软。尽管哭泣者,灵性之现象也,有一分灵性即有一分哭泣,而际遇之顺逆不与焉。有一天,我想这是她心底蠢蠢欲动的叫喊。上天作雨,入地化泉,落在故园沉沉灰灰的墙垣;淌在故园暗暗漆漆的庭院,果真无声么?

但现在是冬天,梅树上既没有梅叶,也没有梅花——只有疏可走马的空想。今年冬天特别的多雨,因为是冬天了,究竟不好意思倾盆地下,只是蜘蛛丝似的一缕缕地洒下来。雨虽然细得望去都看不见,天色却非常阴沉,使人十分气闷。在这样的时候,常引起一

---

1. 纪念姑祖母:她在五四前后的一段生活。

种空想了。

她正在一边洗着东西。下雨了,还去洗什么?她觉得闲了。洗干净的小手绢子贴满了一墙,苹果绿,琥珀色,烟蓝,桃红,竹青,一方块一方块的,有齐齐整整的,也有歪歪斜斜的,倒很有些画意。倒脏水的时候,她记起去年郊游,痴长的碧草,涨过腰际,有三四株,竟拔地而起,高出她足足有半个头,在她面前摆动着……这一刻,她没觉得青春的美好,只感到时间之华丽,因此却涌起许多过去的景象,仿佛自己正穿着银灰竹布短衫,躲在岩洞里看《西厢》。这三四株大草,像是机杼,它摇出的风声,一如织着的回文。

渐渐地,她像正退着走,走回童年,使她感到这世界上的东西怎么这样多,而且样样好玩,样样新奇。比如得到了一包颜料,是中国的大绿,看那颜料闪着金光,可是往指甲上一染,指甲就变绿了,往胳膊上一染,胳膊立刻飞来了一张树叶似的。得了一块观音粉,这观音粉往门上一划,门就白了一道,往窗上一划,窗就白了一道。得了一块圆玻璃,祖父说是"显微镜",在太阳底下一照,竟把祖父装好的一袋烟照着了。

明明灭灭,仿佛一幅长卷,因时间的收藏,也就多份魅力。她抿起嘴唇,打开前听说是一幅青绿山水,打开后才知道这长卷是浅绛的——深秋况味的远山,深秋况味的城廓、深秋况味的车马,深秋况味的渡口……她走到水边，向着深秋况味的河面望去，深秋况味的芦花丛中没有一艘深秋况味的小船划出，也没有一个深秋况味的艄公站在长卷中，于是，"大小姐正在低头绣一个靠垫，此时天气闷热，小巴狗只有躺在桌底伸出舌头喘气的分儿，苍蝇热昏昏的满玻璃打转，张妈站在背后打扇子，脸上一道一道的汗渍，她不住的用手巾擦，可总擦不干。鼻尖刚才干了，嘴边的又点点凸出来。她瞧着她主人的汗虽然没有她那样多，可是脸热得浆红，白细夏布褂汗湿了一脊背，忍不住说道：'大小姐，歇会儿，出去走走吧。'"她被推动着，又似乎受到召唤，终于走到街上。

小孩儿们也太好玩了啊！镇日里蓝的白的衫子，骑满竹青石栏上垂钓。他们的笑声有时竟脆得像坍碎了一座琉璃宝塔一般。小孩们总是这样好玩呢！但她随即想到，不要羡慕小孩子，他们的知识都在后头呢，烦闷也已经隐隐的来了。

从门口走到街上，像走了一百年。到东大街的时候，她觉出了热闹。东大街在新年时节，更显出它的体面来：每家铺面，全贴着朱红京笺的宽大对联，以及短春联，差不多都是请名手撰写，互相夸耀都是与官绅们接近的，或者当掌柜的是士林中人物。而门额上，则是一排五张朱红笺镂空花，贴泥金的喜门钱。门扉上是彩画得很讲究的秦军胡帅，或是直书"只求心中无愧，何须门上有神"，以表示达观。并且生意越大，在门神下面，粘着的拜年的梅红名片便越多，而自除夕直到破五，积在门外，未经扫除的鞭炮渣子，便越厚，从早到晚，划拳赌饮的闹声越高，出入的醉人也越多。走出东大街，走到十字路口，她立定身体，尽管她没到过北方，但无端端地以为十字路口上的蓝天，就是北方。她想起王昭君。对于二十世纪初的江南女子而言，北方意味着牛羊、战争和蛮荒。因为历史也无非只是些弹词、戏文。传说昭君离开家乡之际，她只回了回头，但也就这一回头，流下了灿若胭脂的热泪——这泪是红的，洒进小溪，落英缤纷，随即游成尾尾朱鳞，一起逆流而上了。她的美，足以使后人能把她的伤心事美化得赏心悦目。

她把十字路口上的蓝天以为北方，后来想起，也不仅仅只是无端端的。她从经商的表哥那里，还是打听到一点消息：北京的冬季，地上还有积雪，灰黑色的秃树枝丫叉于晴朗的天空中，而远处有一二风筝浮动，倘听到沙沙的风轮声，仰头便能看见一个淡墨色的蟹风筝或嫩蓝色的蜈蚣风筝。还有寂寞的瓦片风筝，没有风轮，又放得很低，伶仃地显出憔悴可怜模样。曾有一只风筝，断线了……掉到她家庭院，挂在了一棵梅树的树梢头，她拿来竹竿，把它挑下。风筝悠悠坠落，宛如灯火渐渐地缩小了，在朦胧中，看见一个好的故事。这故事很美丽，幽雅，有趣。许多美的人和美的事，错综起来像一天云锦，而且万颗奔星似的飞动着，同时又展开去，以至于无穷。

终于，她可以把庭院看作故园，去北方读书了——电柱上，电线上，歪歪斜斜的人家的屋顶上，都洒满了同霜也似的月光，"夜深时，全公寓都静静的，我躺在床上好久了。我清清白白地想透了一些事，我还能伤心什么呢？"——平屋的南窗下暂设一张小桌子，上面按照一定的秩序而布置着稿纸、信笺、笔砚、墨水瓶、浆糊瓶、时表，和茶盘等，不欢喜别人来任意移动；课余，她总喜欢穿白纱的裙子，用云母石作枕头，仰面睡在草地上默默凝想。斜阳红得像血般，照在碧绿的海波上，露出紫蔷薇的颜色来，那白杨和苍松的荫影之下，鸟儿全都轻唱着，花儿全都含笑着，白浪低吟，激潮高歌，西方红灼灼的光闪烁着，海水染成紫色，太阳足有一个脸盆大，起初盖着黄红色的云，有时露出两道红来，仿佛火神怒睁两眼，向人间狠视般，但没有几分钟那两道红线化成一道，那彩霞如彗星般散在西北角上，一眨眼太阳已如狮子滚绣球般，打个转身沉向海底去了。海风吹拂在散发上，如柳丝轻舞，她倚着松柯低声唱道。

她从凝想里回来了。歌声却脱离了她渐行渐远，渐渐不能辨悉了。头上忽然响起了乌鸦的叫声，接着是扑翅的声音，一个黑影子在她的泪眼前面一闪。老鸦很快地飞进了巢里。两只小鸦亲切地偎着它，向它啼叫，它也慈爱地爱护它们，它们的嘴。巢里是一片欢乐、和谐的叫声。

接下来，她恋爱了，她和其他恋爱中的女子一样。而以后的生活更是雷同，守着岁月，守着杂物。

两棵梅树已种了多年，但从没开过花。她听她父亲说，一棵是绿梅，一棵是墨梅。或许品种珍稀的缘故吧，也就一直开不出花来。所以这倒给了她许多回想象的机会，她常常把墨梅想得有夜那样黑。心想，这样的花，有什么好看。她出生的年头，对夜的理解，是超过我的。

然而现在呢，似乎只有寂静和空虚依旧，她却决不再来了，而且永远，永远地！我纪念着她，书写着她，却绕过了她——我与她相处多年，从几个细节上洞察到她内心的痛苦，但暂时还不愿写出。我大概是一个不会描述痛苦的人。又一次，我想象了。

我想到恋爱中的姑祖母。

我们之看女人，是欢喜而决不是恋爱。恋爱是全般的，欢喜是部分的。恋爱是整个"自我"与整个"自我"间断片的融合，故坚深而久长；欢喜是整个"自我"间断片的融合，故轻浅而飘忽。这两者都是生命的趣味，生命的姿态。但恋爱是对人的，欢喜却兼人与物而言——只是唯有那个时代的恋爱中的女子，能够兼人与物，她的生命的姿态是更为坚定的，使轻浅而飘忽的欢喜成为生命的欢喜，以致让生命的趣味和生命的姿态都成为这欢喜的一部分。

手稿写到这里，结束了，明显是一份未完稿。前几天整理橱柜，在一堆旧杂志里看到它，十七页皱巴巴的稿笺，第一页上记着构思：

用集句方式，写姑祖母在五四前后的少女生活。从五四时期作家的作品中集句，小说、散文等。鲁迅、周作人、胡适、钱玄同、冰心、庐隐、凌叔华等。

在另外十六页稿笺的四周，每页上都划拉着数处条条杠杠，写着见某某作家某某作品或某某书第几页，有的抄上了，有的只是省略号。还有在一些句子下画着一根铅笔印，注有小字"换！"。

我已忘记我曾写有这一篇散文。读了一遍，依稀辨认出鲁迅、周作人、郁达夫、废名、俞平伯、萧红、冰心、朱自清、张爱玲诸人的句子，多数不知是谁的作品。我就怀疑许多文字是不是我自己手笔，尤其是"换"字边的句子，是更值得怀疑的。现在猜想，大概是我把我想写的意思先写下来，然后再去找书，用他们的句子换掉我的意思。之所以没有写完，可能想想这工作太苦，于是放弃。

在苏州梦游

《后汉书·方术传》记载,费长房管理市集,见到远方来一老翁,背一小壶,没有人认识。费长房来不及盘问,市集上正有人为缺斤短两拳打脚踢,还有人把洋葱头当水仙球卖。老翁捡个僻静地坐下,卖药,口不二价,临末他还会关照买药人一句:"服这药,你必吐出某种东西,某日痊愈。"我有点将信将疑,虽说刚买十四层防护口罩,宛如半只文胸,色彩也挺好,粉色的,碎花的,但还是买老翁一包药。药用人造豹皮包裹,一枚枚金钱印得比银元还大,以此看出药价不菲,更可看出药品高贵。回到楼上,天色已晚,我开始熬药,不一会儿太阳落山商店歇业,我朝窗口望望,只见老翁把小壶檐下一挂,跳进壶中。我知道这老翁非常之人了,十分经典,不是非典,也就毫不犹豫,把药"古董古董"喝完,差不多连药渣也咽下。一到子夜,我吐出深深绿绿的一个庭院。

我一边瞻眺月亮,这是造化,极其满足。非要把话说得无趣,我每回见到的月亮就是我的回忆。所有在我之前的月亮也都是我的回忆。

所有在我之后的月亮才是我的现实。也就是说我没有见到的月亮才是我的现实。

逃回延陵巷,延陵巷细长细长,像根竹竿。巷里没有一棵树,只能在人家天井中看到。这条巷之所以著名,因为巷里有两户人家手艺祖传,一户做萝卜干和酱,酱是豆瓣酱;一户做木梳。种萝卜的越来越少,都改种鲜花,这一户缺少原材料,也就专心致志做酱,萝卜干技法几乎失传。一到十二月、正月,小巷飘摇酱味——《齐民要术》记载——十二月与正月是做豆瓣酱的好时候。天井堆着石头砖块,酱缸放置石头砖块之上,因为缸底不能浸泡到雨水;一百天前,如此这般,一百天后,这般如此;十月怀胎,百日成酱;做酱也有许多讲究:孕妇不能做酱,酱会变苦;处女不能做酱,酱会变涩;老太不能做酱,酱会变锈;根据野史,男人中只有秀才不能做酱,秀才做的酱不是酸的,就是淡出只鸟来。

酱当然好吃,久闻酱味,却也难过。我小时候经过这一户人家,常常用手紧捂鼻子,现在则大戴口罩。我小时候见得到老鹰天空中巡视,云朵不知道从哪里而来,兜售着棉花毯。有弹棉花人,在小巷口，他像骑在弓上一支皱巴巴的箭。或者骑在马上，马蹄冒起白花花泡沫，淹没猫的波斯眼睛。

从"马蹄冒起白花花泡沫"到"淹没猫的波斯眼睛"，中间跳跃大概有十万八千里，媲美孔子与苏州的一段故事，孔子登泰山，见阊门内白气如练，就对众弟子言道：

"一匹白马。"

通过不同色彩的玻璃镜片，我看到却是一样的黑白照相。"照相"一词，传说拉丁文原意为"掠杀"，所以小巷里的老人至今还怕照相，她瘪着嘴，摆摆手：

"不照不照，魂要勾去的。"

偷猫的来了，扛着一只白布大袋。偷猫，一种职业。在这里，偷鸡也是一种职业。偷鸡贼随身携带"竹蜻蜓"——也就是弹簧机关，也就是作案工具，看到鸡，他就摸出口袋，扔到冠冕之下爪牙之前，鸡只要一啄它，弹簧就会跳起机关就会打开，一下把鸡嘴撑起，好像人质的嘴巴里让绑票者塞进袜子，以致喊不出"救命"。偷鸡贼走上前人不知鬼不觉地一提溜，把沉默的鸡纳入潇洒的葛布长衫，风度翩翩地走了。偷鸡贼穿着打扮，向来比孔乙己上大人体面。猫有九条命，她瘪着嘴，牙都掉了，只有一个魂，所以不能照相。预防为主，这是对的，她一点也不滑稽，她没有说谎。

充满谎言，充满谎言，（小巷的）天空中已经看不到老鹰，偶尔看到飞机。

老式照相机一旦打开，见到的影像就都颠倒过来。来一张全家福，颠倒着的祖母、父亲、母亲、姑母、叔叔、妹妹……他们像一个马戏团，危险地在钢丝绳上拿大顶。家庭中走江湖的意味，人类冥顽不灵流连柏拉图洞穴之中，依其亘古不变的习惯沉浸在纯粹的理念之中，沾沾自喜然而受相片的教化与受更古老更艺术化的图像启蒙截然不同。原因就在于我们周围有着更多的物象吸引我们的注意力。据称这项工作始于1839年，从那以后，几乎万事万物都被照相，或者说似乎是被照相下来。这种吸纳一切的照相眼光改变洞穴——我们居住的世界——限定关系，教给我们全新的视觉规则，改变并扩展我们对于什么东西值得一看以及我们有权注意什么的观念。其实关键并不是相片，而是老式照相机一旦打开见到的影像就都颠倒过来的这一瞬间。也就是说，教给我们全新的视觉规则其实是教给少数人全新的视觉规则，它不是可供选择的诸种形式，而是强势制度，只是成形为相片之后，这制度又被观看习惯所替代，不，左右。

我对老式照相机的兴趣是它有能力搅乱我们的秩序：颠倒着的父亲第一次显得手足无措，站在天井里的两棵树下，他像一根黄泥萝卜塞在大腿之间，会随时随地掉下。

夜晚，把老式照相机移过屋顶、树梢、猫，月亮被吸纳进来，宇宙浩瀚，正反双方在其中消失。

而父亲推着自行车，裤管夹着木夹——那种用来晾衣服的木夹，我把注意力聚在木夹柄上，那里有些黑。

连环画上涂着红色的飞机，"轰！"
这是一架轰炸机。
飞行员穿着旗袍，嘴唇上涂着墨汁。

我在桃花坞职工业余学校工作多年，旁边有两处古迹：太伯庙和五峰园。我竟然缺乏兴趣。失业后我在五峰园喝过一回茶；太伯庙那时天天走过，视而不见。太伯庙门前是市集，有次见到远方来一老翁，被管理市集的工作人员抓住，闹哄哄的听人说他卖假老鼠药，老鼠吃后非但不死，反而欲火中烧，与猫乱搞男女关系。我想这药不假，能让老鼠找猫，不是把老鼠毒死，而是让老鼠送死，简直孙子（兵法）。只是苏州人崇尚贞节，自己家的猫冷不防被老鼠一搞，总是有辱门风。晚清顾文忠公日记记载一事，苏州某婊子，她卖淫是为给母亲立贞节牌坊，文人学士十分感动，纷纷嫖她，玉成名妓，京城达官贵人闻风而动，借着机会就来出差。

苏州曾经蛮地，太伯是第一个把中原文明带到苏州的学者，《吴越春秋》记载，"吴之前君太伯者，后稷之苗裔也"，太伯不但学者,还是贵族,苏州蛮人服他,几年下来,断发文身几近绝迹。现在更是不见,至多侥幸见到衣冠禽兽,一如红山文化里的兽面人身,凑合着当文物看吧。

有一年,为找工作,我从胥门经过。胥门在苏州城西,所以有把胥门叫讹的,"西门"。我小时候就一直以为西门。苏州城西是有一个门,那是阊门。《吴地记》记载,伍子胥于周敬王六年建苏州城(书上曰阖闾城,阖闾是公子光名字,伍子胥向公子光献出专诸去刺吴王僚,得手后公子光做吴王,书上就叫吴王阖闾,他令伍子胥建城,并以自己的名字命名),周敬王六年也就是吴王阖闾元年,即公元前514年。《吴郡图经续记》记载(建城的事说得更为详细,看来是伍子胥主意),阖闾问于子胥:"吾国在东南僻远之地,险阻润湿,有江海之害。内无守御,外无所依,仓库不设,田畴不垦,为之奈何?"子胥说以立城廓,阖闾乃委计子胥,使之相土尝水,象天法地,看风水,筑大小城,开八门以象八风。有关八风,说法不一,一种说法东北为融风,东方为明庶风,东南为清明风,南方为景风,西南为凉风,西方为阊阖风,西北为不周风,北方为广莫风。阊门的阊来自于阊阖风的阊,而胥门当初不一定叫胥门,《吴地记》记载,"胥门,本伍子胥宅,因名",实在含糊。

孔子登泰山望见苏州阊门内白气如练,把它看作比喻,倒很有表现力。一是表现圣人眼神，圣人眼神都是好使的，近视眼基本就断了成为圣人的后路；二是表现阊门高度，陆机《吴趋行》音节虽然铿锵，"阊门何峨峨，飞阁跨通波"，但在表现力上总没有"白气如练"来得出神入化，虽然有吹牛皮之嫌。《诗》传齐、鲁、韩三家之一家的《韩诗外传》记载，"颜回从孔子登日观，望吴门焉"，孔子与颜回朝苏州这个方向望望，并没有说望到苏州。《太平寰宇记》记载，孔子见苏州阊门内白气如练，就对众弟子言道："一匹白马。"历史常常会毛遂自荐，把自以为是的细节提供给荒诞不经。此刻，我在北京朝阳区和平里北街的一幢楼房里，望着苏州，只见阊门内白气如练，我对妻子说，一条白狗。

我在城门中飘行。精子。蝴蝶。我撞上穹顶，有块城砖裂开三公分，伍子胥暗道，他就是从这里逃到吴国的。所以一夜须发皆白的并不是伍子胥，他有暗道，不用发愁；一夜须发皆白的只会是楚平王，他没有暗道，只有坟墓。柏树牢牢，松树迢迢，狗尾巴草早早，苏州有许多著名古墓。日本有城名古屋，苏州别称名古墓，这一点曹聚仁说过，他说苏州是口棺材。我做过一个梦，前世是一块色彩，我觉得好玩，就醒来，后来又睡，睡着又梦，梦见前世睡在棺材里。后来，我又做过一个梦，我本姓顾，某祖先是顾野王，这在中国一般人名辞典里都能查到，他遗言不起坟，有一年一块陨石掉在葬身之地，横卧其上，自然而然成为他的墓碑。这块陨石长约六米，梦中尚在，苏州人叫"落星坟"。

夜晚，我把老式照相机移过树梢，寻找天空中的笔迹，而一块陨石进入镜头，它在寻找上升的大地。找到我的祖先。

这是《初学记》。

我在城门中飘行，撞上穹顶，掉下我来。守卒扛着一根眼睫毛跑来，把眼睫毛朝我眼前一横，挡住去路。我吓一跳，这眼睫毛是极毒之物，见血封喉。
守卒问口令，我答"鸡肋"。
守卒问"什么鸡肋"，我答"嗯嗯"。
守卒移开眼睫毛，大吼一声："我恭喜你答对了！加分！！"
电视屏幕上数字化红为绿，一罐打碎玻璃城门的红红绿绿的水果硬糖，从此，我进入甜蜜的城区生活，刚才我飘行的城门，标签是相门。
干将和他的女人这里铸剑。

遗像：调丰巷14号里的她不愿照相，怕魂勾去，结果最后连遗像也没有，办丧事时，子女才想起，就差遣一个姑娘到我这里来，让我去画，我说不会，这有专门技术。孔子曰："不知生，焉知死？"我活人都画不好，怎么可能画好死人！这姑娘说你以前有没有画过什么老太婆的，先借我一张用用。我们就一起找，我素描画得很少，只找到《大卫》和罗丹的雕塑：一个少女头像，大概《沉思》——当时一大群人挤在一起画这个石膏像，在江苏省高级中学教室，有刘姓弟兄两个，常常一起来，弟弟站在哥哥身边看大家画，看厌就溜出去玩，一次差点淹死，校园里有很大的池塘，据说快淹死的男性，他的生殖器会一下变得特别坚硬——难道它比头脑更先感到绝望？《大卫》和姑娘的外祖母也相去太远，我咯咯咯咯笑，她居然一本正经把《沉思》（大概《沉思》）拿走。

木梳：延陵巷有两户人家的手艺祖传，一户做萝卜干和酱；一户做木梳。做木梳的这一户姓宋，他们家后来出位前卫艺术家，他把各种人物做成木梳。我见到过他做的斯大林木梳——他把斯大林的胡须很方便地做成木梳梳齿，而有些人物处理起来就不这么方便。小宋蹲过监狱，喜新厌旧是他个性最鲜明之处，几个女朋友联名告他，说他"反革命"（那时已经没有"反革命"一说），把某某某做成木梳，梳理她们的阴毛。希特勒也被他做成木梳，小宋说，也梳过她们。他在法庭上叫冤："戳嫩朵酿必，该格溲茫寄忑摘！"

经过胥门，不免感慨。胥门与伍子胥生死瓜葛，一说伍子胥楚国逃出，从这里进入吴国，故曰胥门；一说伍子胥被杀，躯干抛进河里，头颅挂上城门，所以这城门就叫胥门，这河就叫胥江。两说争论不休，我的看法是还有一种可能：伍子胥逃出楚国从这里进入吴国，后来他被吴王所杀，又被抛尸到这里，生路死路，一条路直来直去。胥门边的城墙根上，有一家旅馆，进门要爬二三十级石台阶，传说节目很多。有位外地小说家来苏州，让我去那里找他——他对某种生活层面具有特殊嗅觉。我一到他客房，见他还带着两个二十有点出头的女人，无锡火车站勾搭而来，像他的两件行李，我有不祥之感，那一刻的确看到床铺上有人死在上面，于是告辞，小说家对我极不满意。当天晚上，这两个女人中的一位心肌梗塞，死在——不知道是不是我看到的那张床上。

胥门在二十世纪五十年代拆掉，胥江上的姑胥桥连接着苏州新老城区。苏州有许多老桥和仿老桥，站在姑胥桥往胥江口望去，一座水泥与铁组合的桥极有味道，虽说这味道是半殖民地的，水泥已经变成荒城的黄昏色，而铁也发出骨头里的深红。胥江在这一段水面开阔，风雨如晦的天气，反而会松一口气。

那座水泥铁桥，大名"万年桥"。

伍子胥逃到吴国，在苏州街头行乞，遇到专诸。专诸的长相，

《吴越春秋》记载，与施瓦辛格差不多。那天专诸正与市井小儿打架，打得正欢，忽听妻子一声喊，忙松了手，乖乖回家；伍子胥奇怪，他问专诸，专诸回答："夫屈一人之下，必伸万人之上。"这大概想写专诸的抱负。而京剧《鼎盛春秋》，专诸与人打架，听到母亲叫唤，吓得忙住手。这大概想写专诸的孝。《吴越春秋》更有意思。《吴越春秋》并不足信，许多段落读来却有趣味，赵晔有支写小说的妙笔，我可以抄一段比较一下。我在上面说"那天专诸正与市井小儿打架，打得正欢，忽听妻子一声喊，忙松了手，乖乖回家"，这是闲聊式的，没什么笔法。赵晔是这么写的，的确小说家言：

专诸方与人斗，将就敌，其怒有万人之气，甚不可当，其妻一呼即还。

像一个人恶狠狠抱着电视机举高要扔，忽然，轻轻放下了。这个比方并不准确，甚至恶俗，我常常有些恶俗的比方。赵晔这一段好就好在一琢磨，字里行间有种洒脱感。不是幽默，是洒脱。走笔洒脱，尤其是小说家，大不容易。

京剧里的伍子胥背着把剑，还拿着支箫。一剑一箫，凡识字的中国人都对此崇尚，不识字的中国人更对此崇拜。我也爱剑爱箫。箫是"礼"的象征；剑是"法"的符号，但它们一旦成为象征和符号，我又不喜欢了。我喜欢有茶味的剑，有酒气的箫，什么意思？我有一位朋友，少年时期风神俊朗，追他的女性风起云涌，他在几个人之间犹犹豫豫，后来他在她家见到墙上挂着支箫，觉得非她不娶。我以为他是趣味的，要娶一支箫回家。我另一位忘年交嗜好酱菜，就娶一缸酱菜回家——这是民国年间的事，老先生娶妻，娶会做酱菜的女人。

鱼米之乡河鲜常吃，海鱼不常见。我记得父亲在天井宰杀乌贼鱼的情形，很清晰，没走样，几乎成为一幅世界名画：

他蹲在井台旁边，穿着军装，那时军管时期，机关工作者都会领到两三套军装。

一木盆乌贼，他一条一条杀着。

脏兮兮的身世被剖开，竟能从这样脏兮兮的身世里抽出一根银白色的凉透了的骨头。

摸摸，银白色轻盈无比，两头尖锐圆通着概括港口和观看。

它也会观看，看我。

在我父亲身后，是乌贼之血抹出的暗蓝。

乌贼之血是蓝的，暗蓝的，用手指去捻，捻在手指上，会越捻越蓝。

这情形之所以记得，也因为是我与父亲不多的一次我感到融洽的情形，或者说感到被爱。他杀完乌贼，挑根最大的骨头，为我雕艘帆船。

从乌贼脏兮兮的身世里能抽出一根银白色的骨头，我总觉得是条诡计。

公子光与吴王僚是堂兄弟，光的父亲诸樊，是嫡长；僚的父亲馀昧，是老小，诸樊死了，王位传给他的另一位兄弟馀祭，馀祭死了，王位传给最小的兄弟馀昧。馀昧死了，王位传给他的儿子僚，光作为嫡长诸樊的儿子，并没有不服，因为吴国一直有让国遗风。只是伍子胥到来，文化开始变化。

伍子胥是政治家，欲报楚平王杀父杀兄之仇实在是他对自己能力的检测，利用僚没有利用到手，他就巴结光，把专诸献出，去刺杀僚。由于伍子胥的出现，僚和光之间必然要死一个。伍子胥把僚利用到手，死的就是光，反之就是僚。让人死，这是能力检测过程中的高潮。

僚爱吃炙鱼，伍子胥设计，把"鱼肠剑"藏进鱼肚，届时让专诸手擘炙鱼时抽出——从炙鱼热乎乎的身世里能抽出一柄冷冰冰的剑，这是不是政治？

"专诸巷"至今存在，传说是专诸葬身之地，巷口鼓起一个鱼鳔，好像随时都会浮出，有家眼镜店开在那里，兼修钟表。我一直弄不清楚为什么眼镜要和钟表搞在一起,是提醒人们时间的流失是需要矫正视力后才能看明?最近才知道当初商人组织行会是因为经营眼镜和经营钟表的人数不多,两凑凑,合并一块。

有几位热爱文学的青少年住在专诸巷,记得一个叫"码",一个叫"胀"。"码"有才华,却因为一点虚荣心而被中老年诗人毁掉。那时我也泥菩萨过江,有些部门找我麻烦。我只得写些爱国主义的、爱和平的、爱民族文化的、爱家乡的作品拿出去发表,用来安慰父母。母亲尤其胆小怕事,而父亲把我油印小册子悄悄毁掉(这一阶段的许多作品就这样失传,不知能不能找到"幸存者")。我生活在一个谨小慎微的家庭,中国家庭——尤其是中小城市所谓的干部家庭——其实谨小慎微——非理性到极点的地步。那时,还有另外一件事,我的几页手稿是给一位中年诗人看的,它竟然出现在某领导办公桌上,某领导看到"阴户"这个词,就果断地把我姓名从我准备去的某个工作单位里划掉——后来我才知道,"阴户"不能随便出现,出现的时候应该这样:"×"。前几年我辅导儿子作业,见到 $1 \times 1 = 1$,差点脱口而出,"1 阴户 1 等于 1"。专诸巷里另一位热爱文学的青少年叫"胀",他终于明白,遂开熟食店,卖起酱鸭,卖起咸鸡,卖起熏鱼。

这是小城"诗本事",极其乏味,写它,是为引出"胀"和他的熟食,以便过渡到专诸的另一个版本:专诸是个厨师,也会经营熟食，还有拿手菜，但很爱财。详见《吴地记》，这里一笔带过。

专诸很像现在的苏州男人，怕老婆，爱财，会烧一手好菜，也敢杀人——但往往改用软刀子了。

怕老婆，爱财，是一个男人的美德；

会烧一手好菜，是一个男人的风度；

杀人不好。

"逃回延陵巷，延陵巷细长细长，像根竹竿。巷里没有一棵树，只能在人家天井中看到。这条巷之所以著名，因为巷里有两户人家手艺祖传，一户做萝卜干和酱，酱是豆瓣酱；一户做木梳"，这是我做的一个梦。苏州本没有延陵巷，延陵今属常州，唐时改为武进。"武进"两字大有暴力，它在梦中拐弯出现，是影射吃药的原因？

那天午夜，我先吐出深深绿绿的一个庭院，觉得这有点寂寞，就又吐出一个古人，他手扶藤杖，在庭院里散步，看上去多像梦游，这一个古人在深深绿绿的一个庭院里散步，觉得疑似，1.拙政园——该园以水取胜，南北有池，池上两座假山，山上两个亭，一个楼，一个小园，一个廊桥，一个舫，一个楼，一个堂，一个厅，一个馆，一个阁，一个亭，一个阁，一个楼；2.狮子林——该园内有大假山，大水池，一个亭，一个轩，一个阁，一个室，一个堂；3.沧浪亭——

该园有山有水,一个亭,一个堂,一个祠,一个馆,一个馆,一个榭,一个室,一个院落;4.网师园——该园东部为住宅区,屋宇三进,西部为园林,中有水池;5.留园——该园一个馆和另一个馆最为著名,一个馆居西,亦称一个厅,另一个馆居东,还有一个轩,西部一座大假山;6.怡园——该园分东西两部分,中间水池,仿造网师园,四周假山,仿造环秀山庄,西边一个厅,仿造留园,东北一个斋,仿造拙政园,东西两部分之间隔有长廊,仿造沧浪亭,长廊上镶嵌碑刻,仿造狮子林,这些仿造如果属于抄袭的话就更能显示其独特风貌,古人对我吐出的庭院疑似半天,信息爆炸,反而也就难以判断,古人寂寞了。

我不寂寞,古人寂寞了,这古人也开始模仿,他吐,吐出一个现代仕女。这一个现代仕女穿着泳装,根据新闻,泳装是为洗浴和游泳而设计的专门服装,使内衣进入公众领域,作为泳装变得越来越简单,作为身体变得越来越复杂,因此泳装发展史是与道德观念史有关的身体习性史。

一块蓝玻璃上,一滴水珠,隔着玻璃与蓝,是另一滴水珠,或许是一滴水珠的泡影,也或许一滴水珠是另一滴水珠的泡影——另一滴水珠是干燥的,而一滴水珠作为泡影却潮湿、滋润。这一块蓝玻璃镶嵌在城墙之中,让人难以了解它的用途。这才是历史。

古人不寂寞了,现代仕女寂寞,这现代仕女也开始模仿,她一吐,吐出一条狗:古代英国牧羊狗?北京宫廷狮子狗?金色猎狗?蝴蝶狗?德国狼狗?拳师狗?阿富汗猎狗?贵宾狗?哈士奇?带着对狗的猜测,现代仕女不寂寞,狗寂寞了,这狗也开始模仿,它一吐,吐出一轮月亮。月亮照着深深绿绿的一个庭院,我在庭院之外,被它照得像一张白纸。古人跑出庭院,在白纸上描几笔;现代仕女跑出庭院,用白纸擦擦手;狗跑出庭院,没跑多远,幸亏就被现代仕女唤回。我把我揉成一团,扔掉,深深绿绿的一个庭院随之消失,古人,现代仕女,狗,无依无靠,宇宙寂寞,苏州寂寞,这几行文字删掉。

梦见前世睡在棺材里。

这几行文字删掉,这条狗是玩具狗。

深深绿绿的庭院,现代仕女抱着玩具狗,无所事事,"请跟我""请跟我""请跟我""请跟我"。

未来苏州街头,我相信能够梦游的是一条小巧、精致的白气如练狗,通身银色,仿佛一匹白马,光洁而不失仿造效果。它跑得太快了,以致掉下六节干电池。

正文与附录

正　文

　　我有近十年未进书场。最后一次是在大儒巷"纱帽厅"听书，大书《英烈》。《英烈》亦称《大明英烈传》，"胡大海手托千斤闸"百听不厌。那天听的也就是这一回书。我坐在书场，一堆大白菜里混棵小青菜，显眼得很。听书十有九个是老老头，十有两个至三个是老太婆，独我青头鬼，老听客大概也觉得奇怪，会不时朝我望望，有的神情里还不屑。我知道他们心思：小赤佬来听书，懂个啥末事！

　　听书是种资格，老听客闲下来吃茶，忍不住还要攀比：

　　"夏荷生的书倷阿听过啦？"

　　"我哪会没听过！"

　　"唱片不算格。"

　　那人被噎得面红耳赤，可能恼羞成怒，竟然回过头来对我大叫，

我正坐在隔壁桌子吃茶,吓了一跳:

"看啥末事看!夏荷生俫晓得啥末事?"

那时年少气盛,觉得受到冒犯,也大叫起来:

"不要说夏荷生,夏莲生的书我都听过。"

我当然是在瞎说。

现在想来,这都是乐趣,听书带来的乐趣。

父母家里早不装广播,收音机也坏了,我放张弹词 CD,把音量增大,坐在天井的金鱼池旁边晒太阳边听"周调":

……古城兄弟重相会,

擂鼓三通助敌楼,

辨真心须斩蔡阳头……

可惜 CD 里只有周玉泉《张飞》。我是很喜欢"周调"的,其中有种老苏州城头暮雪况味。我在北京家中收集不少"周调",冬夜,脚搁在暖气片上,拿一杯"花雕",听几段"周调",觉得是对我辛苦卖文为生的最大报偿。听"周调",最好喝"花雕",能够和衷共济。现在我戒了酒,听"周调"时就改吃"乌龙"。茶中"乌龙",酒中"花雕",仿佛一个是"蓝芙蓉"花,一个是"黄金盏"花,尽管花色不同,但都属于菊科植物。"祁调"是"碧螺春"。"丽调"

是葡萄酒，不是干红干白那种。严雪亭调头，瘦劲而不枯，实在难得。魏含英与薛小飞调头，像是孙过庭草书《千字文》，密密麻麻，也是有趣。从"周调"基础上发展起来的"蒋调"，海派玩意；把"周调"与"蒋调"作个比较，我这个外行也比较不出什么，只能打个比方：

"周调"是黑白照片，"蒋调"是彩色胶卷。

而在"蒋调"台阶上立定的"慢尤调"，倒一点也不"老油条"，像是"黄天源"糕团，在我这个已经吃惯半斤一只馒头的半个北方赤佬看来，体量虽小，味道蛮足。

这是弹词，也就是小书。天井里阳光稀薄了，金鱼却一点也不怕冷。"周调"隔门隔窗传来，自有一番风致。猛想起大名鼎鼎"四大须生"之一的奚啸伯，他的拿手活《哭灵牌》：

……擂鼓三通把那蔡阳的首级枭，
你可算得是盖世的英豪……

"周调"与"奚派"，都是中国戏曲曲艺中文人化的那一路。由于苏州评弹受吴方言影响，流传区域不广，评弹演员名气就没有京剧演员名气来得大。名气说明不了什么，我看"周调"与"奚派"，他们是能在一个层次上对话的，这是根本。

以前说书先生，即使书艺平平的，也富文化趣味。

附 录

苏州评弹是评话与弹词的合称，两者俗称说书。评话是大书，弹词是小书；评弹演员，不论男女，都称"说书先生"。

男说书先生捻住弦子，从容得像捋着自己胡须；女说书先生抱住琵琶，矜持得如量着自己腰身。弹弦子的坐在半桌右侧，术语上手，掌握着书情的推进、说表的节奏；坐在左侧，弹琵琶的是下手。说书先生有单档的，以评话居多；而双档都为弹词，两名男演员称男双档，两名女演员称女双档，现在常见的是男女档。男女档又分出夫妻档、兄妹档、（平日七世冤家组织上要他们拼档的我称为）革命档、公公儿媳档、师徒档……还有三个档、四个档，或者人数更多——"苏州评弹文艺表演"——我称为大排档。

两个人弹唱着《三笑》,或者《珍珠塔》,有一次我梦见这两个人，醒来，还看见两个人背后屏风。屏风上画着新编韩熙载夜宴图：他坐在玉兰花下，树梢头飘摇着紫紫的星火，照亮衣物上明亮又不无奢靡的青绿山水。山水与衣物，哪个破得更快？流传有序的韩熙载夜宴图上，并没有这个画面，所以叫新编韩熙载夜宴图。这是弹词之夜，我至少梦见过三次。

一般而言少年人都喜欢评话，人到中年我才听起弹词。评话常有英雄气；弹词多是美人味道。尤其弹词，人情世故，小鱼吃大鱼，其中奥妙，阴差阳错，刚柔相济，说书先生表现得淋漓尽致。

　　不知道为什么，说书先生演出时放置乐器、醒堂木、扇子、手帕和茶具的桌子叫作龙桌，只有方桌一半大小，说大书时横着放，说小书时竖着放。而椅垫叫作君垫，这倒有个传说：传说王周士御前说书，因为皇帝面前不能随便坐，他跪而奏道：说书虽贱，但只可坐讲，不能立说。乾隆皇帝赐他蒲团，从此椅垫叫作君垫。

　　王周士以弹唱《白蛇传》《游龙传》闻名，评弹艺人行会"光裕公所"也由他创建，他还总结说书经验，写下《书品》《书忌》各十四则。《书品》《书忌》不玄虚，一般说来，经验之谈都是大实话。

　　到底有没有王周士这个人，最好有吧。

　　苏州评弹是省俭的艺术，醉心于酒的人是壶中乾坤大，乾坤全在一把酒壶之中；听书的时候会觉得嘴中乾坤大，乾坤全在说书人嘴里。弹词开篇《林冲夜奔》与昆曲《夜奔》相比，苏州评弹由于表演形式的省俭，反而产生意到笔不到的写意效果。杨振雄长篇弹词《武松》，盖教天京戏《武松》，一个是语言的，一个是形体的，一个是虚，一个是实。苏州评弹是虚的艺术，在本质上是文学的、音乐的。具体说来，评话更接近文学，弹词更接近音乐。

我第一次去书场听书，大概七八岁。那时，能听到的只有现代书，大都是从样板戏移植。老听众借以过瘾的，无非是评话中的噱头，弹词中的老调，聊胜于无。后来遇到一个老听众，他说借以过瘾的还是书场这个氛围。我与祖母住在调丰巷，书场在小公园，五六分钟的走路，记得那天听完书回家，晚上九点半钟，我还兴奋不已。晚上九点半钟，对三十年前苏州这个小城，就是夜深人静。

我父亲与评弹界交往颇多，评话响档金声伯先生、张国良先生是家中常客。金声伯先生聪明人，钱庄当学徒，后拜杨莲青为师，两个月就能登台演出，在评弹界有"巧嘴"之称，尤其擅长"小卖"——噱头一种——说书过程中所作一两句风趣诙谐的插话，插得得体，有"竹外一枝斜更好"之妙。有一次金声伯先生看我画画，问我，你阿晓得雨怎么画？他问话的时候神情莫测，我心惶惶。他说他看亚明画雨，先在宣纸上用矾水一洒，再用淡墨一染，雨就落下来哉。说完，他又补一句，你不知道吧。我有些不服气，因为蒙师张继馨先生早给我看过赵之谦的一幅画，用矾水画太湖石上的一个小洞。我后来服气了，知道凡做事要能举一反三。张国良先生，评话《三国》名家，《三国》在苏州评弹里被称为"大王"，弹词《三笑》

被称为"小王"。张国良先生有"活鲁肃"之称，我看京剧《群英会》的音像资料，谭富英演的鲁肃，也极有味道，但张国良先生好像更为有趣——因为憨态可掬，而评弹界"老包公"顾宏伯，与裘盛戎包公相比，顾宏伯稍少一点情致。艺术大概是殊途同归的，京剧也好，评弹也好，在我看来，声情并茂便好。声是一个演员的修养，情是一个演员的素质。声外情内，由内而外，就不会过或不及。

大书我听得最多是张国良先生和金声伯先生的，张先生说书，如写楷书，一笔一划；金先生说书，如写行书，进退自如。张国良先生和金声伯先生是结拜兄弟。金声伯先生是"巧嘴"，张国良先生有个外号，叫"阿憨"。金先生果然"巧"，张先生有点"憨"，苏州评弹就在"巧""憨"之间，过着百姓生活。

评弹界有"叫鸟"一说。

街头手艺人

二十多年前,土堂巷与富仁坊巷接触的口子上,在公用自来水龙头附近,常常有一个捏面人,年纪二十岁上下,看上去显老,偶尔一笑,神态里才露出他恰当的天真。我经过的时候,总要站定看看,于是他对我就有点面熟,碰巧还会点点头,算是招呼。

不管卖得掉卖不掉,他的手老不闲着,这就是手艺人。他才做完黑乎乎的黑脸将军,就又做红彤彤的红颜美人,以致稻草把上插得人才济济。捏面人的、吹糖人的稻草把,与卖糖葫芦的稻草把一模一样,竹竿上部用稻草扎出个一棵菜形状——像一棵剥掉外皮的大白菜。有一次我看他无所适从,和他闲聊起来,聊到高兴处,我说跟你学几招如何?他摇摇头:

"这不是害你么,饭都吃不上。"

我就愤愤不平,心想,有了手艺,还吃不上饭!

在苏州,能见到的街头手艺人并不很多,除了捏面人,我偶尔见到过吹糖人和画糖画的。好像就这些。吹糖人见过几个,画糖画的只见过一次。

那次是在章太炎故居前,我正去看章太炎故居院子里的辛夷花。说实话,章太炎故居我从没进去过,它也不对外开放,每年辛夷花期,我就来到章太炎故居门墙外面,饱饱地徘徊一番。所幸辛夷花开得高,也怕没人看。

记得那次见到画糖画的,是位老人,他把棕红色的糖浆在一柄白铁勺里加热,从容地在一块圆铁皮上画画——糖浆倾倒上面,然后,插上一根竹木类把柄,这时候糖浆差不多凝结,他用小铁铲把糖画铲下。这位老人能画许多品种,不像画院画家那样单一:不一会儿,龙冲海水起;不一会儿,凤傍云头生;不一会儿,花开两朵各表一枝;不一会儿,采土筑山十里九坂;不一会儿,帝王将相才子佳人二叔三舅七姑八姨浩浩荡荡全来了,真是一群甜蜜的家伙。

我问,能吃吗?

糖画老人说,糖做的,怎么不能!

江南人迹茂密,而毛驴却稀罕,所以皮影戏也就不发达。见到糖画,我觉得不妨依样画葫芦,搞出糖影戏玩玩,叫糖画戏更好,好就好在演员演到一半不高兴了,耍大牌罢演,看客就吃掉演员,不管老庄孔孟宋江李逵贾宝玉林黛玉荆轲秦皇刘备张飞关老爷孙悟空猪八戒唐伯虎秋香李白杜甫唐明皇杨玉环汉成帝赵飞燕钱牧斋柳

如是吕布貂婵赵匡胤京娘……你一个人吃不了这些,就分给大家吃。如果分给我,我说:

"还是给我杨玉环和赵飞燕吧"。

环肥燕瘦,这叫挑肥拣瘦,人之常情。

补碗的

想起童年时见过补碗,我自己都有点惊讶。现在衣服都不补了,何况打碎的碗。补碗匠坐在人家门口,专心致志地补着,具体怎么补法,我已不记得,先要拿个什么工具在碗的碎片上钻洞,这工具像是一把二胡,补碗匠也就一来一去拉着二胡似的。补好的碗上,有铁钉,形状就像钉书钉。时间一长,这些铁钉生锈,在瓷片上漫漶浅绛颜色,漫漶得气韵生动的,就宛如一幅微型山水图。气韵生动,谢赫六法中的一法。谢赫六法有两种句读,我比较倾向于:

六法者何?一,气韵,生动是也;二,骨法,用笔是也;三,应物,象形是也;四,随类,赋彩是也;五,经营,位置是也;六,传移,模写是也。

吃完白米饭,对着补过的空碗发一阵子呆,像是在山水之间散了一会儿步。

补碗时候,会发出"吱咕吱"声音,所以在苏州有这么一句歇后语:

江西人补碗——自顾自。

"自顾自","吱咕吱",谐音。

补碗匠难道都是江西人?有关江西人,苏州还有一句俗语:

江西人觅宝。

补碗匠好久没见了,偶尔还能见到弹棉花的、修洋伞的。

淘井的手艺人也是多年不见。可能已绝迹。

一个城市,有一些手艺人在路边巷口劳动,这个城市也就亲切。

弹棉花的不吆喝,或者吆喝的声音也不响。修洋伞的吆喝,晴空霹雳:

"阿有坏个洋伞要修?"

好像宁波口音。现在小巷里能经常听到的,是"阿有坏个电视机录音机录像机卖脱?"这声音通过电喇叭发出,腔调癫皮,应该禁止。

古董铺

光膀子胖老头摇着蒲扇,十分低调,"古董铺"三个字写在巴掌大的马粪纸上,小心翼翼往景德镇出产的青花碗中一搁。

"古董铺"三个字,龙飞凤舞,倒是用毛笔写的,要看仔细才能认出。

古董铺在小巷中间,窗台下架着一块门板,上面堆着盆盆罐罐、扇骨念珠、老唱片、语录本……打烊,应该说收摊,胖老头就把古董一件一件收进几只大纸盒,搬进客堂。

客堂中央挂着一轴上山虎,画得有点像猫,落款"唐伯虎"。谁让他名气这么大,山水人物,花鸟翎毛,直到文革题材《炮打司令部》,在这里,落的都是"唐伯虎"大名。

苏州人家喜欢在客堂里张挂绘有老虎的画,有说镇宅避邪;有说"虎""火"音同,挂老虎,日子红火。

更有一些人认为,纯粹的苏州话把"虎"念成"富",挂虎就是通富。但我从来没有听到把"老虎"说成"老富"的,不知是哪里的吴方言。

画上的老虎,一般两种姿势:上山的,或者下山的。上山虎温顺,因为刚才下过山,现在酒足饭饱,正懒洋洋打道回府;下山虎是饿虎,也就生猛。

落款"唐伯虎"的老虎两边,还挂对联一副:

室雅何须大
花香不在多

落款"郑板桥"。

胖老头收拾完古董,就把门板举起,装到门框上去。我发现胖老头左眼是假的。有一天,我正想细细看看古董铺,他忽然伸长食指,从眼眶里抠出眼球,一颗有点绿油油的玻璃珠,丢到放在脚边的搪瓷茶缸,"啪嗒",一响。"啪嗒"一响是我幻觉,茶缸里满是茶叶,玻璃珠大概沉不到底,也就无声无息。

一颗有点绿油油的玻璃珠趴在枯黄的茶叶上,像一颗鸡蛋守护着救命稻草。这也是我的幻觉。

我吓一跳,逃之夭夭。他就想吓我一跳吧,多年以来只看不买。

小巷里种着渐渐几棵杨树，样子有点粗俗的夹竹桃，凤仙花。我常常会看到胖老头收摊，但从没见过出摊，很想看看他是怎样卸自己家门板的。吴方言里，卸门板的"卸"，叫"探"，踏雪探梅，花径探幽，以及探头探脑，常常有放了学的孩子，在胖老头的古董铺上探头探脑，脖子间荡着的钥匙，有时晃响瓷器。这时，胖老头就把蒲扇一挥，像赶歇在鼻尖的苍蝇，如果夏天的话。

就是冬天，胖老头也是这样坐在门口，除非下雨下雪。

雨天小巷，显得霉而窄。由于窄，墙就高大，墙面上的雨漏痕，一眨眼泛青，得意的蜗牛顺着雨漏痕往上爬，这倒是唐伯虎从没有画过的一幅小品。

豆绿的壳，粉红的触角，蜗牛是极印象派的，怎么西化啦！

个把月没走这条小巷，我再经过，不见胖老头。直觉他死了，果真他死了。所以我有些后悔，当初没有收藏他一件两件古董——放到现在，也是文物。我当初最想要的是他手上蒲扇。

看到邻居小伙子用电烙铁焊着什么，胖老头就借过电烙铁，在蒲扇上火烧火燎。一开始温度没掌握好，蒲扇被他烫出"虫洞"，再烫几个的话，确保跳槽，蒲扇改行为筛子。这时，胖老头对门的少妇摇臀而来，绕到他背后，也就是说少妇走进胖老头客堂，在他身后看他烫扇。而她身后，一头老虎正往山上跑，松涛阵阵，风大得很。

胖老头胸有成竹了,不一会儿,烫好一首唐诗,竟烫出枯涩浓淡,大有逸趣。

穿着白底碎蓝花睡裤,浑身涨涨的少妇,那时我刚读完马雅可夫斯基诗集,觉得她就是穿裤子的一朵云。

南纸店，烟纸店

小时候听到老人说南纸店。新年要贴春联，老人会说去南纸店买点红纸。买来的红纸上有层油脂，不吸墨，写春联前要先用干布擦拭几遍。

新年是一年之中最为大红的日期，以红为喜，这时候的红，衬着白雪，就是城市里的梅花。

我知道南纸店是卖纸的，"南纸"这两字写法，却是我读周作人散文，读到"南纸店"，我消失的童年好像也跟着一个手持银烛台的人的背影，上楼了。

偶尔几个看上去普普通通的字，毫不经意就凿开人的一段生活。普鲁斯特的小点心——与其说普鲁斯特追忆年华，不如说普鲁斯特追忆文字。这个有点瞎说。我从没见到过南纸店招牌。二十世纪六七十年代，走在街头还能看到的一些旧物，就是店铺墙面上隐隐约约的"公私合营"字样。南纸店改名了，改成文具店或者文具纸张店。

小学毕业前夕,我正在学习中国画,常去文具店买宣纸。从这个店转到那个店,为了比较价格。同学中也有学习中国画的、学习书法的,碰在一起就交流哪家文具店的宣纸卖得便宜。我找到过一种宣纸,纸性敏感,只要九分钱一张,被我们买多了,店家就逐渐涨价,涨到两毛钱一张。后来索性买不到。

在文具店,我们买得最多的还是毛边纸。

苏州这个地方,许多人家在小孩子识字之前,让他们练大字,开始在废报纸上练,练一阶段,大人觉得有点样子,就去买毛边纸让他们练。

练字用帖一般是颜真卿和柳公权。男孩子练颜字;女孩子练柳字。

也有在砖上练字的。

苏州有个小镇,名陆墓,家家烧砖,过去是贡品,叫京砖。还有一种砖我们叫清水方砖,质地细腻,光可鉴人,穷人家的小女孩没有镜子,就找这样一块砖,泼上点水,菱花顿开:当窗理云鬓,对镜贴花黄——问邻居家讨几朵碧桃插在头上。她的衣服尽管不是新的,还打补丁,但干干净净,补丁上的针脚一丝不苟,像个规矩人。

能练字的砖就是清水方砖,这种砖过去很容易找到。一位小朋友去东山玩,见到正拆的老房子(苏州城里的老房子拆得差不多了,开始拆镇上老房子），要到一块清水方砖，抱来送我的时候，上面放上几只他姐姐给我的橘子。

烟纸店，我一直以为是胭脂店。也有胭脂卖，装在小圆扁盒里，买的人很少，大多数女人买雪花膏，搽白的脸，剥壳的煮鸡蛋，刺鼻的香气在小巷里——水开了。

雪花膏装在大玻璃罐中，放柜台上。

烟纸店并没有纸卖。这样说不确切，它也卖纸，卖的只是一种纸——草纸。后来又卖学生练习本，纸装订一起，就不能叫纸，应该叫本，或者叫簿，或者叫册。

草纸就是手纸，也就是卫生纸，用稻草做的，大大咧咧样子，还能看到稻草秆、稻壳，以及其他。

卖洗衣皂，它是两块一条，只想买一块，营业员用刀一切为二，于是双方争执，"切大了""切小了"。洗衣皂一条一条叠放一起，一座暗黄色城堡，城堡里的蟑螂骑士神出鬼没。

我读小学的时候，从家到学校路上，会经过一家烟纸店。一分钱可以买两块桃片，我们都在一位女青年手上买，我们喊声阿姨，"挑大的""挑大的"，她就给我们两块大的。这家烟纸店有两位营业员，一位女青年，一位老头。老头很凶，我们走过烟纸店，只要见到老头不在，好像美好生活就会开始。

一天晚上突然停电，祖母要去买蜡烛，我自告奋勇地去了。黑压压的小巷，走到一半，很可能还没有一半，我就害怕。正想唱歌壮胆，路灯亮了。木头电线杆上，灯泡大得，有小公园那么大。

烟纸店在口头上消声，日常里还没有匿迹，改名小卖部。

"阿囡，搭娘到小卖部去拷瓶酱油呢。"

回忆点心店

一枝青色花,开在梦境里,颇有寒意,也颇有含义,字面上过得去,但写之间,却想起风马牛不相及的点心店,这种点心店现在已很少见,最大特点就是脏,就是脏兮兮的,店面却不小,放得下六七张、七八张方桌,桌子从桌面到桌腿,一律油乎乎,发着暗红或暗黑的微光,筷子长长短短,勺子磕磕碰碰,门口摆着粗壮的煤炉,柏油桶改制,蹲着个胖女人臀部似的大煎锅,生煎馒头,伙计拿一把铁铲不停地敲打黑亮的锅边,当当响,胖女人响当当,用来招徕生意,生意是早晨也做,中午也做,下午也做,晚上也做,只是上午不做,不做的时候,点心店破败的样子仿佛被人倒掉的垃圾,令我恶心,恶心归恶心,我还是常常去点心店吃点心,实在是正餐,我所在的单位不备食堂,只帮职工蒸饭热菜,我有时候去迟了,饭蒸不上,就只能去点心店吃面,汤面、炒面、吃馒头、小笼馒头、菜馒头,到了八十年代,点心店中午兼营盒饭,晚上还供应一些简单炒菜，酒却不供应，轮到我晚上单位值班，我就在点心店吃晚饭，值班结束，偶尔还去点心店加餐，加餐这词很古奥，上言长相思，下言加餐饭，说明相思是件体力活，不加餐做它不动，我值班结束去点心店加餐，才是真正意义上的吃点心，方言说吃夜点心，或者说吃夜食，但现在要么国语化，说成吃夜宵，要么粤语化，说成吃宵夜，古调虽自爱，今人多不弹，我在点心店吃夜点心的时候，总能看到基本固定的五六个人占据一张方桌，翘着腿，搁着腿，抱着腿，歪着身，弓着身，拖着身，坐相统统模仿小巷里的危房，他们在那里吃老酒，他们是附近的酒鬼，年纪老中青皆有，像我们的干部队伍，承上启下，继往开来，他们与点心店上上下下混得很熟，带了酒来，白酒，黄酒，药酒，药酒是五加皮木瓜酒之类，主要是白酒，几颗花生米，半只咸鸭蛋，一根鸡爪，并不买点心店里的点心吃，而是借这个地方碰头，他们也很识相，都在晚上九点钟左右来，此刻生意清淡，伙计们也无聊，点心店的伙计大多数是女的，况且大多数是中年妇女，正好用他们解闷，她们撩拨他们，但他们很少说话，只是目不斜视地吃老酒，等到舌头被老酒泡大，才一鸣惊人，于是鸟叫猫叫鸡叫狗叫交响天上人间，也不叫国事，也不叫家事，也不叫性事，也不叫人事，叫的是哪里的酒卖得便宜，叫的是春天到来，可以把棉袄卖掉，最后往往是在争吵中收场，他说他前天借他五角钱没还，他说他昨天就还，他说他口袋里怎么没有，他说他肯定吃大饼，他说他从不吃早饭，后来这类点心店都被个人承包，我晚上经过那里，附近的酒鬼一次也没看见，能看见的是伙计减少，点心店老板坐在门口，我无可奈何地被困扰，附近的酒鬼，你们在哪里吃老酒呢?

这个时代已经从精神上结束附近，阴天的时候，他们去月亮上吃老酒。

家

两次穿过阿拉伯人沙漠的一位英国爵士,可惜名字我已忘记,嗯,是不是劳伦斯?晚年他说:"我又想家了。"

他又想起阿拉伯大沙漠。看来家,是对一个人生活产生影响的地方。

少年的我,以为可以四处为家。现在想想不能。我的家又在哪里呢?我的生活又在哪里呢?我惘然得很。

苏州是我的故乡,故乡就是家吗?但我此时想起苏州,其实是想起苏州四周我去过的乡镇。家在四周,家在附近。我的生活也在四周也在附近吗?我对我这几年的写作颇有怀疑。

这样写出来有点做作,但的确如此。

看来写作是不断被穿过的东西。家,大概也是不断被穿过的东西。

一条公路沿着河水扭曲,绿影婆娑,一边是芦苇,一边是垂柳。

我看到鱼塘之中,养鱼人凌空搭座草棚,心想能在这草棚里住上几天多好。心里这么想,嘴上不觉说出,当地陪同的朋友忙讲:"要不要买块地,很便宜。"

后来,我看到养鱼人提着马灯,绕着鱼塘巡查,灯光映在水里,像一把干透的稻草。这是去年回家探亲,火车经过安徽时我看到的。而火车到江苏境内,是南京还是镇江,我又看到这个情景:

养鱼人提着马灯,绕着鱼塘巡查,灯光映在水里,像一把干透的稻草。

不是同一个养鱼人,不是同一盏马灯,不是同一座鱼塘,不是同一些灯光映在水里像一把干透的稻草,但像是一样的了。

那么,我也就可以在这里下车,家像是一样的?真是便宜。

而那时沿着河水扭曲的一条公路,是把我带到黎里。我母亲一家曾经在这里生活。我的一个小舅舅还住在黎里镇上,他曾是我外祖父最担心的一个儿子,不太安分。外祖父清末的时候学习邮政,做过几个城市的邮政局局长,后来随着时势退过长江,安顿到黎里镇上。四九年后被抓,不多时释放,因为外祖父无意之中救下一个地下党。他局里有个机要报务员发错一份电报,上面来查,他把那个机要报务员放走,又向来者行贿,送些金条大洋,此事也就不了了之。后来才知道那个机要报务员是故意发错电报,延误国民党战机,他是中共地下党。我曾问过外祖父为什么放走那个机要报务员,不料外祖父的回答竟让我很失望：

"他上有老母，又生了许多孩子，都还小，他不能死。"

如果他孤身一人，外祖父会不会交出他？外祖父是个很胆小的人，有一年我从报上读到批判冯友兰的文章，就去吓唬他，说现在在查，你和冯友兰聊过天吃过饭，肯定要找到你。外祖父竟吓出病来，我没想到玩笑开大，我妈把我痛揍一顿。

外祖父认为邮政是金饭碗，所以他想让家里也有人做这方面工作，选中我妈和这个小舅舅。我妈从苏州市邮电局报房退休，报房，不是售报亭，是拍电报的，在一所大房子里，整天发出"嘀嗒嘀嗒"响声。而小舅舅却早辞职，这里跑跑，那里转转。

黎里镇上出过一个叫柳亚子的名人。黎里我只去过一次，小舅舅家没去，倒去了柳亚子故居。每个名人故居都是差不多的，所以现在要我描述柳亚子故居，做不到。

我看到书桌上有一副眼镜，标签上说是柳亚子生前用过。

我和几个朋友对柳亚子故居里的一个暗室好奇，据说清兵捉他，他藏进暗室，躲过这场杀身之祸。我们感到奇怪，因为这个暗室从墙上凸出一大块，只在前面挡只橱柜，像一个大腹便便的人又套着件羽绒服，够显眼的。柳亚子弓身其中，做着绝命诗，竟没被清兵发现。几个朋友嘲笑清兵的愚笨，只是我却有点疑心，疑心清兵之中，说不定有一个像我外祖父一般的人，网开一面。那个人是不是也怀着"他上有老母,又生了许多孩子,都还小,他不能死"这个想法,天晓得。

柳亚子那时参与办《复报》,《复报》的"复"反写,含有"反清复明"意思。也许清兵中见识长的人认为,秀才造反,当不得真,只要吓唬吓唬就行。不料吓唬出一首绝命诗,成就起一段名士佳话。

苏州附近小镇,我最想去的是车坊。只是至今没有去过。据说车坊妇女,穿着打扮还是老式模样。也有人说早不这样,画家摄影家去采风,她们盛情难却,临时装戴一番。年轻一些的车坊妇女,抱着一堆老式服装,只会咯咯地笑,不知道怎么穿上身去。而令我神往的还是一亩一亩蔺草。

这也是据说。据说车坊的传统种植物是蔺草,用来编席。我极想看看席子怎么编,绝对是门好手艺——从中,我能看到古人的影子,也就是古代生活的影子。我想这门手艺的变化不会太大。在艺术上,我大概厚今薄古;在手艺上,我大概厚古薄今。

设想我躺在蔺草编成的席子上,绿油油,绿油油,睡个午觉。醒来后,给并不存在的朋友写枚尺牍,当然用毛笔写。并不存在的朋友、毛笔、绿油油、绿油油的蔺草编出的绿油油、绿油油的席子,像是家了。

一个人肯定到过家一次,也肯定有个家从没有到过。不是到不了,是想留着,慢慢地到。

天 井

一只墨绿的乌龟傲慢地爬过天井,也不停歇。连风声也不听。

石板上的苍苔;墙面上的雨痕。都鲜润了。

据说老早底子苏州人家造好房子后,会在天井里养一只乌龟。有人说乌龟能辟邪,预防火灾。有人说乌龟能吃蚊子。我也不知道。

原先我住调丰巷老宅子,据说天井里就有一只乌龟,要下雨了,就会爬出来。他们都看到,我从来没有见过。所以只能说据说。这一只乌龟还是我祖父养的。

父亲新搬家,有了天井,也养了乌龟。还不止一只。他养了许多品种的乌龟,有的乌龟只适宜在玻璃缸里养。某一年,两枚乌龟蛋里爬出两只小乌龟,它们底板上的花纹十分怪异,一像京剧脸谱,一像卓别林,当地小报还猎奇一番。

前年夏天我回苏州,住在父母家,第二天早晨就看到一只乌龟,在天井里爬着,傲慢,真的很傲慢。

这是夏天的故事。在夏天，乌龟傲慢，人也迟缓。"心定自然凉"，心定，就是行动迟缓，迟缓了，出汗少，自然凉爽。

炎热的夏天看到天井里的乌龟，凉爽的感觉就如新月初上。

新月在天井的蓝方块中。

人在天井里，是内敛的。苏州人的性格里都有一方天井——苏州人携带着天井蜗居或者漫游。他有格蓝方块：像小学生写字，不出格。一旦出格了，正是：

春色满园关不住，一枝红杏出墙来。

父亲的天井里没有红杏。有一句很撩拨的老话，叫"杏花春雨江南"，但我在江南从没见到过杏花。桃花倒很多。可是父亲的天井里也没有桃花。他种芭蕉、竹子、山茶。山茶是双色山茶，满开一朵，一边为红，一边为白。我不喜欢双色山茶，奇巧是奇巧，却不够纯粹。古人言道艺涉奇巧必失纯粹，至理也。双色山茶像鸳鸯火锅，热闹了一点。

我见到双色山茶开花，是它高不过我腰际的时候。如今它蔓延出墙，正当中年，满天井的山茶叶深绿沉荫，不开一朵花——在我看来就是好！它已"归绚烂于平淡"。只是这样说说，我是一直觉得绚烂有绚烂的美文，平淡有平淡的佳话。春花不绚烂，老气横秋；

秋花不平淡，隐瞒岁数，有什么意思？陶渊明爱的菊花，决不是今天的菊花。今天的菊花红红绿绿已是个杂货铺。顺适自然方说得上得天独厚：春花绚烂秋花平淡，这是顺适，也是独厚。

而我独厚满天井的山茶叶，它深绿沉荫，使父亲新公房里的天井也有儿时老宅子里天井的情调。

这情调很中年：或曰便宜。

扯远说苏州就是中年化的，曾经是愣头愣脑的少年，但没有青春浪漫期——鬼使神差地一跳而过。

一跳而过了。

天井里还有一只白瓷鱼缸，不养鱼，只养清水——在我看来也是好！

小石灰桥

我最回忆的桥有两座,都不在苏州,一座是水泥桥,另一座也是水泥桥。多没品位。这两座桥我都写进诗中,它们差不多就是唐代的桥了。唐代的桥大抵木桥,髹以红漆,所谓画桥。宋代的桥往往石桥,宋代的末事苍头老脸。这个《回忆桥》中说过,现在说得凝炼。

苏州有这么多桥,我却很少有回忆的,想想也奇怪。

现在就来回忆回忆。

齐门外有座铁路桥,没名气,造型也简陋,甚至丑陋,但我喜欢。与苏州其他桥不同,尽管铁路桥都是相似的。有一年夏天雷雨过后,我去铁路桥上看火烧云,碰巧看到。火车开来,过桥的时候它呼吸困难,火车头像憋紧一口痰,"胡扯""胡扯""胡扯"在这里当拟声词,可以吗?不可以它也要"胡扯"。车厢里已亮起灯。我看到一个个没有脑袋的身体在刷白的灯影中晃动,我绝没有说行尸走肉的意思，只是我见鬼了。拙作《车前子年表》中，我写道：

北京是装神的地方；苏州是弄鬼的城市。

虽说苏州是弄鬼的城市，真要见鬼也不容易。苏州鬼不比苏州人大方。我在铁路桥上见到一火车的鬼，来自五湖四海，没几个是苏州的吧。既然苏州鬼，一方水土养一方人，一方水土也养一方鬼，性情上也就不会和苏州人南北。苏州人嗜好窝里斗，苏州鬼大概也不会闯江湖。火烧云很好看。尤其在铁路桥上看火烧云，有阵快乐，就像看曹雪芹不把《红楼梦》写完，自有一股华丽的没落。

苏州有座桥叫"小日晖桥"，吴侬软语读来，听成"小石灰桥"，多好。小石灰是怎样的石灰呢？颇多猜测，我打发掉童年一大段寂寞时光。"三板桥"，也好。还有"鸭蛋桥"，更好。这里面有家常。

我讨厌名字雅雅的桥："行春桥"，"乌鹊桥"，"望星桥"……"望星桥"在苏州大学附近，我望过几回，别说文曲星，就是扫帚星也没望到。

有的桥名看上去雅其实也家常。钱锺书《石语》记下了"胭脂桥"，就是看上去雅，其实也家常的。那时黄花闺女谁不施胭脂？即使徐娘半老也胭胭脂脂。所以说其实也家常。这座桥我没找到，问过老苏州，他们也不知道。那么，"胭脂桥"这才变好。

"鸡舌桥"，许多人不知道。

还有"恶狗撞倒桥"，村里人都知道。

我读的小学校门口有座石桥，它被拆掉，河水抽干做防空洞。本来同学散了学，三三两两河边嬉戏游玩，大柳树，大杨树，一串红，紫扁豆，野菊花，南瓜花，向日葵，蜜蜂嗡嗡，马蜂也嗡嗡。后来成为一条道路，下雨时候走在上面，听得到脚底下防空洞里鱼干喊叫。

童年生活祖母膝下，祖母住调丰巷，后门开在土堂巷，土堂巷搭着富仁坊巷……从前门出来，斜对面是诗巷——我这个诗人看来是有出处的。可恨调丰巷、土堂巷、富仁坊巷、诗巷这几条小巷近年都被拆迁。过去走进诗巷，走出头，就是言桥。

言桥是座美丽的桥，桥堍下的烟纸店一到夏天就在大玻璃瓶里放出青梅。青梅太好吃，竹马没骑过——也不遗憾。买一只青梅抿于嘴中，到言桥一侧，扒住浓眉大眼的栏杆，看桥下的流水，船，渔翁，看二十米开外的一座廊桥。

回忆树

树的回忆,轻易不让人知道,让人知道的时候,也就是树被伐倒之际。哪年大旱,哪年大涝,年轮滚滚,树都记得清清爽爽。相较于树,人的回忆家常便饭,繁文缛节的生活,人的回忆也就是喘口气,使日子跳一跳,跳落尘土,简约起来。

六十年代——忽然这是二十世纪的事——调丰巷现在想来,竟然没有一棵树。苏州许多小巷,见不到树的。苏州的树都种在哪里?细细一琢磨,苏州的树都种在围墙后面,像煞小家碧玉,读惯束胸的《女儿经》,很少抛头露面。还有,就是种在大街上。大街上的树品种单调,形迹浑浊,一般皆法国梧桐矣,也就是悬铃木。

土堂巷里也没有树。但我一直认为土堂巷里是有一棵枇杷树的,我和巷里的小孩聚在树下,唱着童谣。老夫子曾见几个小孩在太阳底下唱着童谣,内心忧伤。我现在见到那时的我,在枇杷树底下唱着:

麻子麻，采枇杷，

枇杷树上有条蛇，

吓得麻子颠倒爬。

内心愉悦。说是唱着童谣，实在是背诵。后来进小学，在一架老风琴边学的童谣，另当别论。因为这只是所谓的童谣了，更像"翁调"。

土堂巷里的确有一棵枇杷树，只是不在巷子里，也在围墙后面。在一堵清白的高墙背后，立在巷子里还看它不见。两扇门黑漆沉沉，常常闭关，偶尔打开，我碰巧在它门前玩，就能望到这一棵枇杷树的阴绿，和阴绿之上朱色栏杆。但我从没进去过，我怕，大人之间流传着这门堂子内闹鬼，有时深夜，空关的房间中会传出摔碗扔盆的声音。"第二天一看，一只铜面盆从中间断开，整整齐齐像用锯子锯的。"有一次，黑漆沉沉的门半开着，住在这门堂子内的一位少妇，头发湿漉漉，身上逸着大团肥皂的热香之气，托着只梨，正想咬，看见我走过，就要把梨给我吃。我逃跑了。这位少妇在我那时的心中，显得很神秘，她显得很神秘的原因是大人之间流传着这位少妇脖子上有颗喉结。

父母家那时还没搬到通关坊，住在幽兰巷，那是一个很大的门堂子，有几进深，前面后面都有花园。花园之中，当然有树，也只有树了，亭台已经颓败，池塘早就干涸，假山石摇摇欲坠，仿佛三伏天经不起暑气的棒棒糖。假山石要融化了，假山石要入土为安了，而后花园这时已经没人点灯。一条竹篱笆把后花园一隔为二，土坡上有间房子，是江南名家吕凤子大弟子的画室。

我父亲与吕凤子大弟子有交往，他的千金会冷不丁跑到我们家里来，缠着我母亲讲话。我母亲脾气好，大概也喜欢讲话。这位千金常人看来，有点"痴头寡脑"，她母亲还来抱歉过。那时会悄无声息地停水，家里就警惕地用一只七石缸积水，她来了，旁若无人在缸里洗手，边洗边说：

"我的手不龌龊，我的手不龌龊。"

有次她带来一棵树苗，给我们种。我们住楼上，上哪儿种去？她一推窗，指着一楼的屋顶说：

"就种那里，夏天又遮太阳，又好看。"

我当时觉得好笑，现在觉得她是艺术家。

只是记不清这棵树苗她是留下了呢还是带了回去。

那时父母已从幽兰巷搬到通关坊，这是座被没收的深宅大院，里面还有晚清时期戏台。现在已被拆掉。苏州人认为自己文物太多，小弟弟,不稀罕。那时住在二楼,视野开阔,我站在窗口,看得到锦帆路。后来视野被一点一滴开荒,种上红砖房灰砖房,但还看得到前梗子巷。前梗子巷里有棵巨大的树,土话叫"野杨梅树",季节一到就毫不犹豫结出殷红浆果。有人吃过,我没吃过。

小孩常常拣了野杨梅,躲在树后,看同学或女人经过,丢人。

据说野杨梅汁沾上衣裳,洗都洗不掉。

我在楼上常常看到,不无幸灾乐祸,甚至不无羡慕。用野杨梅丢人,用雪球丢人,这是儿童无心的风雅。

野杨梅树在苏州没人种,它是野生植物。也说明那时候的苏州留有余地。

晚年章太炎在苏州置下房产,地址就在锦帆路边,院子里有一棵辛夷,是我在苏州看到的最大辛夷树。花一开,我就去看,看大半天。

辛夷花花形与玉兰花花形没有区别,只是颜色不同。正是颜色不同,使它们的观点截然相反。玉兰花像今文,辛夷花像古文,不知道花花世界有没有今古文之争,不知道。

《回忆树》没有写完,兴致没有了。反正树不是用来回忆的,树是看的。树一年四季都好看,余则似乎不足观也。

皂荚

皂荚树模样，我已想不起来。

朴实的树。

皂荚树叶子，它的长相，现在，我也想不起来。

只记得色彩有点微红，不像其他树叶在后院都是绿油油的，有些幽暗。皂荚树叶子组成巨大树冠，衬着发白树干，宛如兰花指上顶着一只苹果。我们等待落下。

而皂荚树叶子由于绿得不够彻头彻尾，也就像盏煤油灯——粉烟灯罩，灯罩周围暧昧的色彩尤其在黄昏示意明知故犯的样子。

童年的我看树，树的高度都一样，因为童年总是一样的缘故吧。童年的美，美在有时候缺乏个性，所以不夸大其词，所以快乐。

树的高度都是一样的，而在后院，而在房顶下面，那棵皂荚树就隐身杂树之中，让人难以捉摸，也就难以想象。

后院的树都长得比房顶高大，很奇怪，我当时看来，房顶却似乎都比树来得高大，一如木桶，装着深切的蓝天。时间就这样过去了。

暗影浓绿，后院杂树染指皂荚树，我记得皂荚树只有一棵，微红的叶子被浓绿晕黑。那天，父亲兴致勃勃，指着皂荚树说：

"这是皂荚树。"

我想我是早知道的，妹妹也看不出稀罕。我们甚至为它叶子的不绿——乖僻的样子——替它难过，与新搬来的邻居差不多，衣服也是微红。微红在那个年代就是乖僻，说不准也是矜持。

仿佛糖拌，暗影把树叶掺杂一起，又如盐渍，淹没树干。

树叶的影子衣服般脱下，树干挺身而出，高过房顶，逃奔到插花的大阁楼上面。一棵树与一棵棵树是同班同学，个头差不多。树干的高度也都一样。

白茫茫树干，空气流动，许多年后我想起一个唱诗班里的几位儿童，她们小小的身材在围墙边轻盈地摇摆，头顶之上浓绿的一笔横刷过来，影子只不过属于幻想过多的翅膀。

树枝是树的胳膊，不是翅膀。

树叶是胳膊上拉长的袖管。

父亲见我们并不惊喜，有点不了了之：

"它的果实可以洗衣服。"

我记得我与妹妹在皂荚树下捡到过皂荚，看上去能吃，褐色的，有点透明。

我们砸碎它，在拆开的后院墙上，在踏扁的记忆核中，皂荚泛着稠厚的泡泡，但被果实本身的氛围抓紧而没有浮出。砸碎的，只是墨水瓶。

　　父亲单位的后院里有一棵皂荚树，我当年知道它叶子的长相。因为那里不好玩。

　　后来，我看见矮小的木偶在皂荚树下舞蹈，莫过于遗忘了。感动过一棵皂荚树的裸露的后院的杂树的浓绿，也莫过于遗忘了。

　　我的衣服从来没有被皂荚洗过。因为我的母亲从来没有摘到过皂荚，也没有必要到这里来。她一次会买许多肥皂，二十世纪的习惯。

　　我用皂荚洗手，越洗越黑。我在父亲办公室门窗下面的洗脸盆中洗手，洗脸盆上画着革命样板戏，人质似的。时尚是时代的人质。

　　有朋友告诉我皂荚树的叶子类似澳大利亚桉树。我不知道类似桉树叶呢，还是皂荚树的一片叶子类似澳大利亚的一棵桉树？

　　谁知道？但说法很神奇，就像说童年。

　　皂荚之中长出桉树。

　　皂荚桉树。

　　而一块三角形的桉叶糖，这点的确。

蜡梅海棠车前子鸡冠花凤仙一串红

　　前人吟咏蜡梅的诗句,只在北宋时候出现,有人疑心它是舶来品。后来在神农架发现大面积野生蜡梅,证实中国是原产地。蜡梅即使在现在的日本朝鲜也不多见,欧美国家的人基本不知道蜡梅是怎么一回事。唐朝诗人没吟咏蜡梅,不一定没见过蜡梅,或许觉得无趣。蜡梅的确是一种无趣的花,虽说馨香扑鼻,就像一个人满肚子学问,我只是敬而远之,因为缺少性情。花的美也美在性情上,梅花就比蜡梅见性情。但唐朝诗人吟咏梅花的也不多,李白"江城五月落梅花"就是名句了。而这"梅花"还不是真梅花,汉时横吹曲《梅花落》的"梅花"是也。一个时期的诗人会对一些花趋之若鹜,对另一些花视而不见,看来花的美是美在人的心境上。我至今不喜欢蜡梅,但有一次在某个庭院里见到,又以为它实在是好的。花不外色香,海棠是色,蜡梅是香,所以嗡鼻头观海棠没有遗憾,瞎子徘徊在蜡梅树下会有更多的快感。

海棠品种很多，或者说叫海棠名字的植物很多，就像我叫"车前子"，外地朋友奇怪，说这名字奇怪，其实在苏州就很平常，跑到随便哪条小巷口一喊"车前子"，准保有人答应。这名字与北方乡村里的"狗蛋""臭花"差不多。我知道的海棠名字就有瓜子海棠（学名大概叫四季秋海棠），灯笼海棠，十字海棠，银星海棠，竹节海棠，贴梗海棠，西府海棠（也就是红海棠），还有白海棠。有的是草本，有的是木本，有的属于秋海棠科，有的属于柳叶菜科，有的属于蔷薇科。分得再细一点的话，比如贴梗海棠是蔷薇科木瓜属，西府海棠是蔷薇科苹果属。西府海棠和白海棠是木本，在苏州，我没见过大的海棠树。海棠花开的日子，树下打盹，想想惬意。

我忘了是不是在拙政园，竟无意撞上白海棠开花，内心的喜悦无法形容。白海棠花瓣洇着一层微红，像是调了粉的胭脂在熟宣上染出来的。那格调，宛如一幅院体画。我光顾看花，原先打盹的设想早忘得一干二净。

银星海棠，竹节海棠，应该是两个品种。银星海棠的叶子面上有斑斑白点，故名银星海棠；竹节海棠的茎干像是竹节，故名竹节海棠。后来大概杂交成功，海棠的叶面上有银星，茎干也为竹节。苏州的养花人对这种海棠喊无定法，一会儿喊它银星海棠，一会儿喊它竹节海棠。这种海棠很入画。前几年，苏州名画师张继馨先生给我父亲画了一幅，竟勾起我父亲种植它的心思。父亲的爱好在盆景,基本不涉及花卉。我的第一份工作就与盆景有关,但我一点也不喜欢盆景——觉得是戴着镣铐跳舞。我的生活态度是要么戴着镣铐,要么跳舞。我喜欢花卉。父亲试种一回银星海棠,也就是竹节海棠,他说:

"不好种。"

这种海棠死的时候很有意思,茎干会从上到下一节一节脱落。更有意思的是,茎干与茎干脱落后的截面光滑如蛋壳,怀疑它们不是一节一节长出来,而是一节一节叠上去的。

我在留园"鸳鸯厅"里见过一盆银星海棠,是用来点缀"屋肚肠"的,不料"屋肚肠"反而成为陪衬,一桌一椅小姿态,一花一木大胆量。

在苏州,老城区的公共天井里,家门口,种的多是鸡冠花、凤仙花和一串红。它们好养,也不怕人采,即使半个月忘记浇水,还死不了。合适在这里。

回忆茉莉花和茉莉花田

那时苏州,是一只胡桃壳。水道,小巷,是胡桃壳里弯弯曲曲的胡桃肉。我住在胡桃壳内,我不是胡桃肉。我不是胡桃肉,我就是胡桃壳内的虫豸?一条粉红的肉滚滚的虫豸。一条嫩绿的肉滚滚的虫豸。坐在火车上,内心有点不安——我胡思乱想着,与我同"居"有三个人:两女一男像做一个行当,不停说着进货、品牌、男装。另一个女人看着杂志。我吃了点药,昏昏沉沉,我是下铺,他们坐在我铺上,我只得架起二郎腿,无所事事的样子。车窗外的灯光流动起来,我知道火车开了。我知道火车开了,感到火车的晃动。灰呢裙女弯下身,从床下拉出黑包,稀哩哗啦,掏出塑料袋,男的接过,隔着塑料袋用手掌压着。他们吃胡桃。我一下喜悦:我刚想到胡桃,他们就吃胡桃。这其中似乎有种法力:一个比喻具有内容。那时苏州是一只胡桃壳,尽管老城墙已拆,无形之中还是像胡桃壳:黑的,紧的,收缩的。甚至死硬。是一只胡桃壳,人的活动、人的思维很少离开它。所以我在夜晚听到突然让风吹来的火车声会激动得浑身出汗，棉被窝也潮了。热气。胡桃壳。胡桃壳轧出缝。胡桃肉轧碎。我听到突然让风吹来的城外的火车声，铁锤砸在天井里脑萎缩的胡桃上。

有一次，我从北方回来，火车快到苏州——已到苏州——我看到斜立晨光的虎丘塔，火车笔直开着，然而我头昏目眩，觉得火车离开钢轨开进塔下茉莉花和茉莉花田了，阵阵白色的香气抛起，火车被扔得东倒西歪——它波浪一般往茉莉花和茉莉花田推入，白色的香气，绿色的阴影，这是我对茉莉花和茉莉花田最有美感的一次。

十年前，二十年前，虎丘塔下常常是一盆一盆茉莉花和一垅一垅茉莉花田，白的，绿的，河流与泡沫。现在都是房子了，河流与泡沫，灰的，白的，灰的，白的，都是房子了。

三湖记

久站岸边,盯着水看,觉得岛在动,一上一下,一浮一沉,真怕给漂了。

远处的岛屿,有的像鸭头,有的像斗笠。

傍晚,我去太湖游泳,游到新月上来,趴在浅水里,抬高头,让潮水一点一点往岸上送。

风起来,望着山上村庄,淹没在响声里。

我爬上岸,骑着自行车,用劲往坡上骑,两旁的树墨黑沉沉,一边的树枝间是灯火,一边的树枝间是湖水。停车坐爱坡上晚,听见人声从身后传来,倒有安全感。

黑夜里的水,比黑夜里的山似乎更神秘,它一直在动。

我常跑到言桥去玩,那里有家烟纸店——也就是小杂货铺。有零花钱的时候买糖吃,没零花钱的时候看人买糖吃,或者去言桥看船。摇着橹,船过来了。船上的人摇到桥前,会停一下橹,抬头望望桥上的我，我正低头望着他。

言桥据说和言子有关，言子是孔子七十二贤人中唯一的江南人。江南人引以为荣，尤其近几年，姓言的几乎都在名片上印着言子多少代多少代后人，香火绵延，人丁兴旺。香火绵延人丁兴旺的，更是"先天下之忧而忧后天下之乐而乐"的范仲淹。我在苏州认识的范仲淹后代，足足有一百零九位，比梁山好汉还多一个。宋代还有一个范姓，也住苏州，他是田园诗人，我从没碰到过他的子孙，所以难免疑心，疑心他的后代掺杂忧乐门下，认范仲淹祖宗。尽管范姓田园诗人也不是无名之辈，他是范成大，读点古诗的谁不知道。

范成大隐居石湖，自称石湖居士。石湖我游过不下十次，现在想来，好像都是晚上。苏州中秋有几处赏月地方，石湖就是一处。最后一次游石湖，朋友邀我去坐船，不料落雨，我们也就没有上岸，呆坐在船舱里望着外面，眼前只有一团漆黑。

周庄有个南湖，一天傍晚我在岸边胡思乱想，忽然闻到炊烟之香，有个渔夫在船头做饭。我说待会儿我来吃饭，他说好呵。我去饭店让他们把菜送到船上，渔夫倒也不觉得奇怪，他说：

"我几天都看你在湖边一坐半天，说得不好听，以为你要——"

以为我要投水，自以为是或者自作多情向屈原同志学习。我才不会呢，我喜欢吃鱼，却并不想与鱼同游江湖。

江南的南方

多年以前,我不喜欢"江南"这个说法;多年以后,我还是不喜欢。没什么道理,不喜欢就是不喜欢。

我喜欢"南方"这个词。深圳发展起来,这个词又用滥了。

所以我现在既不喜欢"江南",又不喜欢"南方"。我首先在词语上失去家园,只是我一点也不焦虑,甚至还很得意,我以为自己是一个可以不把家园放在眼里的家伙。

不是意志坚强,是无所谓。孤儿不是照样长大,有的不是还活得很好!孤寡老人不是照样等死,一死了之,还不都一样。这样看来,家园的确与死活无关,家园恰恰是不死不活的东西。

但把"江南"和"南方"这两个词放在一起,倒又很有味道了,或许可称之为"江南的南方"。

我的故乡在苏州,大家一听,都会说好地方。但我好久没感到它有什么好,拆迁得乱七八糟,乌烟瘴气,与任何一个城市几无区别。

苏州这个地方，不适合居住，物价高，工资水平又低，我每到一个城市都要上馆子瞅瞅，苏州饭店在同等水平上最贵。凭什么呵，就凭"上有天堂下有苏杭"这一句空话？苏州与杭州比，那可差远了。杭州是真得天独厚，一个西湖使整个城市滋润起来。是滋润，不是阴湿。杭州唯一灰不溜秋的东西，是杭州话，所谓杭州官话。什么东西和官拼凑一起，就事情不妙，比如官报私仇；比如官场；比如官倒；比如官官相护；比如官僚资本；比如官僚资本主义；比如官僚资产阶级；比如官迷；比如官气；比如官腔，比如官商，比如——现在的"官妓"。只有一样东西和官挂钩是好的：瓷器里的官窑。

杭州官话，宋朝南渡之后抽穗灌浆的一种杂交话，水稻杂交品质会好，文化杂交，大概也有好处，麒麟不就是杂交出来的吗？哪有什么麒麟！龙不就是杂交出来的吗？哪有什么龙！说杂交并不贴切，只能说拼凑。麒麟和龙就是拼凑，而杭州官话也是如此。坐在西湖畔正欣赏着湖光山色，突然听见杭州官话，立马就像坐在公共澡堂滑腻腻的马赛克上。

杭州适合居住，杭州官话是说给杭州人听的，我这个外地人起什么哄。苏州适合外地人来玩，从这个园林转到那个园林，虽然在他们眼里都差不多，但已让他们羡慕：从前苏州有钱人要比从前平遥有钱人会生活。

苏州真正的美丽，并不在园林，它在河，它在桥，它在小巷，它在临河的木结构酒楼，它在早晨的茅草顶茶馆……一言以蔽之，在日常生活。没有了。都没有了。美丽没有了。河是臭水沟，桥是水泥桥，小巷成为柏油马路。

为重建"江南的南方"，也就是所谓"人间天堂"，我的建议——看来唯一的办法也只能把杭州人迁出杭州，让苏州人都搬到西湖畔去住。因为苏州话还算好听，尤其是评弹演员口中的苏州话。

在杭州西湖畔听苏州人讲话，这才有点像江南，像江南的南方。

雨　事

梅雨的江南，是缓慢的。一种缓慢的节奏，仿佛两个慢性子人，把发黄的卷轴闲散打开，一点一点打开，画面上烟云缭绕，水天一色。有高人草亭饮酒，而他老婆孩子淋了一旬雨，怕没干衣服可换。但高人是不怕的，他正好趁机模仿顾千里裸体读经呢。梅雨这种缓慢的节奏拖带在我们面前，让我们也走不快。时间好像要放长线钓大鱼。

我们梅雨季节所能做的事——工作之余所能做的事，就是喝茶、下棋、睡觉。没有这一份闲心，很难打发梅雨。梅雨的梅，更像发霉的霉，雨直下得骨头发霉。人打不起精神，只得闲下来，游手好闲，懒惰成性。这时的江南是烂醉如泥的，是无所事事的。这时的江南人如被外乡人看到，定会觉得江南人怎么如此颓废。

外乡人认为江南的美，美在多水。但水太多——河水猛涨或者雨水太多，也就美不到哪里去。梅雨季节，一出门，大街小巷石桥河水粉墙青瓦男女老少，全湿乎乎的，一个比一个湿，也就一个比一个脏，也就一个比一个烦。

梅雨季节走在小巷，常能听到石库门里有人吵架：

"你裤子怎么能晾到客堂里？"

雨事不断，没地方晾衣服，只得晾在公共客堂，平时有点难过（吴方言里"难过"一词用意繁多，这里是"过节"），这时吵架也就难免。

梅雨的江南，我们工作之余除了喝茶、下棋、睡觉，还有就是吵架。

江南人忌讳从别人晾着的裤子下走过，哪怕胯部早已空空荡荡。缩水棉毛裤，裤裆往下挂着，让走在棉毛裤底下猛一抬头的人，以为里面暗藏机关。一脚跨出的时候没注意，等注意到头顶上的老聚散（吴方言把物称之为"老聚散"，只有音，没有字，我给注上了，功德无量，哈哈）——要从别人晾着的裤子下退出已来不及，再说也无路可走，只得硬硬头皮，低低头，或者侧侧头，加快步伐——梅雨的江南人唯一抛开缓慢节奏，就是从别人晾着的裤子下走过之际，头没全钻出，忙朝地下吐口水。民俗朝地下吐口水能化解掉晦气。江南人虽说偏软，却受不了胯下之辱，于是也就失去许多机会，所以至今也不出韩信半个。

雨下长了，多时见不到阳光，人心也就有鬼。梅雨的江南是鬼气的，傍晚见到的人脸都有点发绿。他们在灰色的雨事里游动，吐着麻木的泡泡,这些泡泡,是从这一根根麻木之上生出的银耳。打着伞的,穿着雨衣的,个个面无表情,因为伞和雨衣的表情替代接下来的黑暗。

一个瘦女人裹在雨衣里,仿佛一颗硬糖融化。雨衣就是包着硬糖的玻璃糖纸,被糖汁粘住,稠乎乎的,剥也剥不开。

宋代的一个梅雨之夜,有诗人约朋友下棋,朋友没来。来的话,也就没有那首杰作。对一个诗人爽约、侮辱、欺蔑,往往是灵感的主意。

梅雨成全着江南人,为让他们闲散一点,不要老是忙忙碌碌,光想挣钱。于是,江南人在梅雨季节里因为怕出门,闲着没事,就开始学文化——终于使蛮野之地成为文明之乡。

宋代那个约朋友下棋的诗人,叫赵师秀。

有一年大雪

天气也是小时候冷。化雪日了,屋檐上结挂冰凌,冰凌的外皮透明、光滑,内部却毛绒绒的,仿佛父亲插在陶罐里的银柳——银柳的质地。

冰凌也像一片乳白的羽毛泡在干干净净的玻璃杯中。

我掮了丫杈,与妹妹们在屋檐下敲冰凌,敲下来吃。心想这冰凌如果能够存放到夏天,就是不花钱的冰棍。夏天为什么就不下雪?不知道屈原,但已经会悄悄地天问:

何所冬暖?何所夏寒?焉有石林?何兽能言?

而讲话的禽兽越来越多;"厥严不奉,帝何求?"

夫复何求,其实天气不见得小时候冷,因为现在房子没有屋檐,冰凌挂不住。

我还会打一搪瓷脸盆水,搁进天井,让它连底冻。苏州人请客,午饭吃到晚饭,也叫"连底冻"。冻住后把搪瓷脸盆架到煤炉上烤,使其脱底,倒出一坨冰来,放在地上滑着玩。这一坨冰结结实实,上大下小,携带着搪瓷脸盆的形状,在客堂方方正正的清水砖上擦出修长又暗黑的水痕。我在童年完成当代某些行为艺术家的观念。

但苏州不常常下雪。即使下了,也不大。有一年大雪,大到可以堆雪人,正巧夜里我值班,就到苏州工艺美校大门口堆出一个,还找根胡萝卜,插在下面。不料一清早,胡萝卜就被走过的乞丐拔了去,当着我的面"吭哧吭哧"啃掉。我以为他是爱斯基摩人,那时我刚读完一部名为《爱斯基摩人》的外国小说。我很少读外国小说,更很少读中国小说。我基本不读小说,天性喜欢大话。

有一年大雪,这一年的雪还真大,碗口粗的树枝都断了,不容易。

苏州不常常下雪。即使下了,也不大。下雪日子,我与朋友去园林玩,这时候人迹稀罕,这时候觉得园林是自己家的,坐在亭台楼阁,心想能拥炉而坐就更好了。这样一想,又觉得园林不是自己家的,很扫兴,但也不是太扫兴。

后来读到古人大话:游别人家园林有属于自己的感觉,便是风月主人。

浪漫个头

好像就苏州有月亮似的,其他地方永远黑夜,没有月亮?

其他地方当然也有月亮,其他地方没有月亮的时候,苏州也没有月亮。大年初一没月亮,年年一样。这是歇后语。大年初一没月亮——苏州和中国的其他地方一样。这是事实。

只是在苏州看月亮,和其他地方不同。这是经验。我的经验,说大点,也是苏州经验。

"举头望明月,低头思故乡",李白这诗我五岁的时候一看就知道他不是在苏州写的,后来更坚定这个想法。其他地方的人看月亮,抬头看。我在其他地方看月亮,也抬头看。我在毛乌素沙漠看月亮,抬头抬得脖子像块望夫石。而在苏州——苏州人看月亮,是低头,很羞涩,低着头,慢慢看。所以这首诗李白如果是在苏州写的,结果肯定是:

> 低头望明月,举头思故乡。

苏州小巷心胸狭窄,狭窄得容不下月亮。苏州人要想在小巷中看到月亮,除非螺蛳壳里也能开超级市场。别说抬头,就是把头拔掉,也看不到月亮。把头拔掉了,当然看不到月亮。

在苏州小巷中能看到月亮的,据说只有非洲长颈鹿。

苏州人要看到月亮,看好月亮,只能去河边桥上。幸好苏州河多,全本一笔流水账。到了河边桥上,抬头看一会儿月亮,脖子酸疼,这也在情理之中。既然看月亮会使脖子酸痛,其他地方的人可能一抟脖子,不看了,回家了,老婆孩子热炕头了。而苏州人是很风雅的,见风使舵的"风",于是顺水推舟,就一低头。不料这一低头看到水里的月亮,还觉得好看——比天上的月亮好看,这也是"识时务者为俊杰""地理造英雄"。我在毛乌素沙漠也想低头看月亮,看不到啊。久而久之,苏州人养成地方性习惯,像地方性法规——如果看月亮,就不抬头。久而久之,苏州人不看月亮的时候,也低头了:

> 君到姑苏见,人家尽低头。

头常常低着,人往往委琐。苏州人的委琐最初就是由看月亮这件很风雅很风雅很风雅很风雅很风雅很风雅很风雅的赏心乐事而很风雅很风雅很风雅很风雅很风雅很风雅很风雅很风雅很风雅很风雅很风雅很风雅很风雅地造成的。

八月十五月儿明，看看月亮吃月饼。苏州的风俗，这一夜是去宝带桥或者石湖赏月，那里水面开阔。这一夜的苏州，万人空巷，倾巢而出，宝带桥上石湖畔，黑压压一群人，黑压压的一群人全体低头，一声不吭，外地人以为在开追悼会；英国人以为在等尼斯湖水怪。赏完月亮，苏州人低头离开桥头湖畔，模样都像准备拣只皮夹子回家。

某年中秋，时客京华，某画家作东，酒足饭饱之后，他拿出册页，让我写字。我解衣盘礴，振臂疾书：

我的月亮在水里，我的故乡在天上。

大家都说"浪漫"，我说："浪漫个头，全是写实。"
有人说意思不错，就是"白话文了一点"。我重写一张：

在水兮月亮，于天兮故乡。

两个"兮"，正好神经兮兮。

访制琴者

许从南京来，要买古琴，晚饭后我与他去制琴者那里。大街上照例很多人，我和许时而并肩骑着自行车，时而一前一后骑着自行车。许买琴心切，总骑到我前面，我说不要走丢了，许说他来过苏州。许在桥上停住自行车，等我骑上桥。桥很陡，像握球的手。拖轮突突开来，拖这么多驳船，当然冒许多烟。后背嗖嗖，风总大在桥上。拖轮拖着黄沙驳船、木材驳船、水泥驳船，驳船上有人抬着饭碗走动，饭白菜绿。制琴者家在那儿，从桥上往下看，那条弄堂又长又窄，一个丢失标点的早期白话文中的欧化句子。自行车冲下大桥，往左一转，拐进弄堂，路灯亮了，一盏又一盏远隔千山万水般昏暗地到来，清朝末年留学西洋的工科学生扶着斯的克[1]，面色苍灰。隔世之感的路灯居然照得清石子路上的纸片、碎碗和水迹。烟纸店正上塞板，货架上都是肥皂，一种没有包装纸的肥皂；柜台上堆着几只玻璃罐，

---

1. 斯的克，指手杖。

装满糖果与蜜饯。上塞板是个胖女人,给她递塞板也是个胖女人,其实这两个女人都不胖,弄堂太瘦。对面来辆自行车,放慢车速,他小心翼翼,估计有会计职称,停车下车,一手握刹一手扶座,侧身让我们先过。过去后我想他头上扣着一顶鸭舌帽吧。许说,没有。电线杆下站着灰衣服一人,鼻尖趴上电线杆,看贴着的一张纸片。啥末事?我问。灰衣服答道,有人遗失一块旧表,愿意和拾到者用新表换。许听不懂苏白,我译成南京话。许说,这中间肯定有私情。事情?不,是私情!私小说的私。我说也不一定,或许和死亡有关。许不吭声,骑着自行车。骑着,我突然笑出声,想起许多年前周对我说张写篇小说,村干部与他妈妈调情,摘下手表,放在他妈妈耳边,让她听。许不认识张,许认识周。一扇红漆边门打开,泼出一盆水,又迅速关上,我们骑过门缝里渗漏的灯光。一扇雕花木窗半开,我朝里望望,看到饮食男女。饮食男女饮食完毕,男洗脸,挽高袖管;女洗腕,袖管挽高。女袖管挽得过高,女对男嚷嚷,放低一点。一只白瓷碗上描朵红花,一只白瓷碗上写行青字,其他碗以及男如何给女放低袖管,自行车骑过。一个男孩突然冲出,后面跟着一串尖骂,丢下饭碗就往外跑,去捉鬼呀!男孩在我们自行车前跑着。不一会儿,我们追上,我看看男孩,男孩不看我,路灯叉手叉脚在他头上。许说,你听说这位制琴者吗?我说,从不知道。许说,这个人有趣。许说,制琴者家在五楼,作坊是租一楼房子,从不让外人进。朋友来了，吃饭了，时间晚了，总由老婆下楼喊，老婆也麻烦。制琴者想出办法，拖根电线，灯泡装在作坊里，插座装在家中，时间晚了，吃饭了，朋友来了，他老婆只要一拔插头，像个秘密组织。我不怀好意，想象有一天制琴者埋首工作，突然灯灭，因为灯泡坏了，他不知道，他上楼，制琴者从不带钥匙，他敲门。

一盏路灯把几片梧桐叶照得如绢本上的庭院。

我们敲敲门，门开，是制琴者太太，听许说明来意，让我们坐下，她走到窗边，从窗台右侧的一只深绿色插座上拔下插头。

小人书

现在已有"上人人"收藏连环画了。那时,我们叫小人书。

我是很晚才知道小人书"学名"连环画,小人书像是巷里的孩子——即使玩熟,也只知道绰号,不知道学名。

我喜欢小人书叫法,亲切,神秘。有种亲切的神秘。当初觉得它之所以叫小人书,因为把人画得小小的缘故吧。但我从没有发现把人画得大大的的大人书。为此,我的童年一直寻找,我在父亲书桌抽屉里找到一套,把人画得大大的却也只有开头几页。父亲把这一套书藏起,他说这是大人看的书,他没有说这是大人书。看来的确没有大人书,于是,我对小人书越发喜欢。

小人书,并不是儿童读物的俗称,它专指连环画。它可以说是连环画的俗称、民间叫法。而我更愿意把小人书看成连环画的绰号。有了绰号,就想起童年——找到帽子,头也在附近。

找最早读到的小人书,是《西游记》,却只有一页。他一脸坏笑地拿给我看,上面十几个小女人,竟然光着身子,手一律捂住鲁迅先生所说的"脐下三寸",望着我。她们捂得越紧,我也越想看,从她们的指缝里看出些什么。但小女人的两只手交叉叠在一起,仿佛巷口粉墙上刚贴条标语,又迅速被另一条标语覆盖。浆糊的气息,湿热的,浆糊的气息很好闻。那时,我常去巷口、大街上读标语、大字报、最高指示,把不认识的字默记在心,回家请教大人。字就这么认多的。

他那时大约是初中生,姓蔡,名字我忘了。在黑暗的陪弄里,他碰见我,神秘兮兮地说,有件好东西,肯定没见过。陪弄在白天也很黑暗,好像关闭的电影院。他把我带到水井边,这口水井已坏,就是说长年没淘,水色浊浊,打一桶水上来,一些小虫在里面浮游。后来我才知道这十几个小女人是盘丝洞里的妖精。我喜欢妖精,因为很少有平庸的妖精,妖精通常都有异乎寻常的想象力,而想象力本质,就是"异端邪说"。十几个小女人能从肚脐眼里吐出丝来,还有什么比这更鼓舞人心呢?余生也晚,没有机会被这些柔丝缠夹,我想那是幸福的。即使不幸福,也是美丽的——从十几个小女人的肚脐眼里吐出一条想象力的丝绸之路。但我现在为这十几个妖精的命运担忧了,两只手交叉叠在一起,看来人的弱点,她们已学到手。

他给我看几眼,匆忙收起,并要我向毛主席保证,不对别人讲。

我怀疑这页《西游记》是从土堂巷偷来的。

有一天，我叔叔兴奋地跑回来，说：

"抄家了，抄家了，土堂巷里抄家了！"

我就去看。那时候，看抄家什么的，像现在孩子看卡通片。常常是一个门堂子里的孩子相邀而去，口头禅"不出铜钿看白戏"。常常不出铜钿看白戏——那时候有点规模的工厂都有工人宣传队，排演样板戏，在开明大戏院轮番演出，只要不是四类分子，谁都可以看戏。只是进去得了，出来不得，四五个工作人员，有戴红臂章的，有拿长电筒的，坐在玻璃门背后抽烟，戏没看完想走的，全给挡回去；有人争辩几句，四五个工作人员中的一个，会慢吞吞地说，你自己想想，你对革命样板戏，嗯，什么态度？你对工人阶级，嗯，什么态度？那人吓得面色苍白，噤若寒蝉地回到"芦花放稻谷香岸柳成行"中的一行柳树上的一条柳枝上去了。祖母家就住开明大戏院旁边，有次捉迷藏，我和几个孩子躲进戏院，后来想走，被工作人员赶回戏厅，强迫我们在高大的座位上坐下。

等我跑到土堂巷，抄家已近尾声，卡车开走，只剩一辆平板车。几个人或站或蹲，用麻绳捆着扎着，我看呆了，竟是一平板车小人书。在这之前，我还没看到过小人书。但我一眼就知道，似乎某种天赋——这就是小人书。这一辆平板车停在清白的高墙下，有点刺目。忽然一位少妇门里走出，拿着铜盆，其实是用两根手指捏着铜盆盆沿，像拎着鸡脖子。她拍拍铜盆，对抄家的说：

"这个也给你们。"

后来，我在北局新华书店发现小人书。

后来，我父亲给我买了属于自己的第一本小人书：《海岛民兵》。

《海岛民兵》是讲一对兄弟的故事。只记得一个画面，哥哥还是弟弟抓住山藤，从一块大石头上爬下来。榜样的力量无穷，我把祖母腰带系上床架，往下爬，"啪"，不知腰带还是床架折断，结果都一样，我在地上。反正我就想爬到地上的，只是速度快了一点。

后来，我上小学，暑假在父母家，父亲拿出一套来历不明的小人书哄我，悄悄地，纸页发黄，《三国演义》。这一套小人书我不时借给邻居、同学，悄悄地，也就借丢。

我记得曾被住在官巷的汪姓同学借去几本，不还，我去他家要，还是不还。我在他家第一次看到油灯——二十世纪七十年代的苏州，市中心还有人家点油灯，让我感到好奇。我求他把油灯点上给我看看，他说把小人书送他，他就点。我答应了。我的头在油灯前摇来晃去，火苗像根手指翘起。回家，我拍着胸脯对祖母说：

"我会点油灯了，你不晓得吧。"

得意的样子很像十几年前从国外转圈回来，很像二十几年前买台九寸黑白电视机，很像三十几年前逃过上山下乡去工厂上班。

小人书，就是连环画。小人书即使不是连环画，我也喜欢这个叫法。君子横行的年头，"以小人之心度君子之腹"，倒也遭闷。

洋 画

在一起拍拍子,把纸叠成方块,在地上拍,谁的拍子把谁的拍子拍翻,咕噜噜翻个身,或者更猛,翻两番,谁就赢了,就可以把谁的拍子收进裤兜。

在一起飞洋画,洋画那时已经少见,就是夹在纸烟盒里的促销小画片,我见过有人收藏的大半套《水浒》。

从洋画上,我领略古代的中国英雄还有现代的外国美人,外国美人们常常拿着羽毛扇,挡在胸前,脖子一片雪白,而嘴唇红得像打翻红墨水。由于印刷粗糙,红墨水流到下巴,差不多夏天乘风凉拍死在掌心的蚊子,溅出一摊血那么大小。

飞洋画,就是把洋画按在斑斑驳驳的墙上,然后一松手,让它自由飞扬,谁的洋画飞得远,谁就可以把谁的飞得不远的洋画收进裤兜。那时候穿包包衫,缝着一只腰圆形的小口袋,太浅,只能放一粒糖果、三粒花生。我在这小口袋放了一粒糖果,舍不得吃,到隔壁院子里玩，等想吃的时候发现丢了，连忙寻找，我看到凤仙花坛边，借住在这院子里的乡下裁缝拣到，他正剥开糖纸，我有点怕他，就回家了。那是一粒咸味糖，上海出品，那时候谈论上海就像现在谈论纽约。

在一起射箭，箭是纸做的，以手为弓，往远处射，谁射得远，就能把谁射得不远的纸箭赢来，兴奋地握在手上，或很不放心地放在脚边，因为一不小心，就会被其他孩子偷走。有的孩子为了让箭射得远，就在箭头上包块铁皮，对于这样的箭，我们拒绝，因为不公平。包块铁皮的纸箭能呼地射过电线杆。

小时候，我们赌拍子、洋画、箭，都是纸做的。长大之后，我们之中，据说还真出了赌徒，他们赌钱。钱也是纸做的。

在一起看小人书。

在一起吵架，蔡家兄妹两个，妹妹叫蔡琴，大约小学三四年级，都说她功课好。我还没上学，她妈妈能干，与邻居吵架，从不用蔡琴爸爸出面，她一马当先，然后一马平川，邻居纷纷躲开，她还奋起直追。"陪弄在白天也很黑暗，好像关闭的电影院"，在她的嗓门下，关得更紧。她却从来没对我凶过，我和蔡琴吵架，她倒骂过蔡琴。蔡琴等她妈一转身，就继续和我吵。那时的女孩子，觉得骂人骂得最凶的是这一句话，比如我叫座山雕，她就骂：

"座山雕强奸蔡琴！"

我不答应，对骂：

"蔡琴强奸座山雕！"

蔡琴听了，说：

"蔡琴不能强奸座山雕！"

我问为什么？她说女人不能强奸男人。二十几年后，在苏州女人中又流传着一句话——"不要嫖我"。我对女同事说："你这衣服很漂亮。"女同事会回答："不要嫖我了。"我前年回苏州，还听到有人说。后来这一句话竟也成为苏州男人的口头禅。

我的美术教育从飞洋画开始。照着洋画上古代的中国英雄、现代的外国美人，在纸上描，在墙角涂。现代的外国美人比古代的中国英雄好画，容易上手。古代的中国英雄穿了太多衣服，盔甲腰带，看不清他们身体，而现代的外国美人衣服普遍缺乏，饥寒交迫，生活在水深火热之中，于是她们的身体就显得较有把握，两根曲线可以滴水不漏依样画葫芦下来。

我照着洋画，在蔡琴家的大门上用白粉笔画个现代外国美人，她家大门油漆得大红大红，我把现代外国美人画得大白大白，即便要下雨，备弄里很暗（"陪弄"的另一种写法："备弄"），我的画也依旧醒目。蔡琴的妈妈大概认为画得不错，也就没有擦去。过了几天，不知石库门里哪个小流氓，把现代外国美人本来就不多的衣服剥一般擦去，添上补上原本看不见的某些局部地区。这下她不高兴了，站在高高的台阶上破口大骂。

　　我在蔡琴家的大门上画外国美人之际，蔡琴正去她乡下爷爷那边。等她回来，她就有了一个绰号"外国美人"。她莫名其妙，但看得出她也很兴奋，有时候恼怒是装装门面的。我已经忘记有没有想过她也不穿衣服的样子，当时若能作如是之想，现在差不多就是圣人了吧。

陀 螺

这几年回故乡,走在小巷里,看不见陀螺了。

小孩们玩着陀螺,抽它。已是旧事。

小巷的井台边,陀螺转着,从吊好水的小姑娘两脚之间钻过。小姑娘看它转着转着转了过来,就抬抬这条腿,小姑娘看它转着转着转了过来,又抬抬那条腿,想让开,但陀螺转到面前,她反而一动不动。

"呼",陀螺从小姑娘两脚之间钻过,桶里的水洒出一片,灰白的井台水泥地上,有几个青黑色的小洞。

夏天,来吊水的小姑娘穿着花裙子,裙子上一朵一朵小小碎碎琐琐屑屑的石榴花。她握着吊桶的搭襻,把吊绳盘作一团,放在吊桶里好像冬眠的一条蛇。"一朝被蛇咬,十年怕井绳",苏州没有轱辘井,也就没有井绳,如果被蛇咬过的话,怕的也就是吊绳。陀螺在井台边转着,朝小姑娘转去,小姑娘看它转着转着转了过来,就抬抬这条腿，小姑娘看它转着转着转了过来，又抬抬那条腿，想让开，但陀螺转到面前——这一次并没有从小姑娘两脚之间钻过，陀螺在她花裙子下转着，裙边宛如舞台上的天幕。突然，陀螺跌倒了。是拜倒。

陀螺拜倒在石榴裙下。当然，石榴裙不是裙子上印染着一朵一朵小小碎碎琐琐屑屑的石榴花，石榴裙只是红裙。但我私下以为石榴裙就是印染着一朵一朵小小碎碎琐琐屑屑的石榴花裙子。

陀螺在小姑娘的花裙子下转着，现在想来，陀螺也很好色。好色乃人之常情，也是物之常情。树木好色，长出对生的叶、复瓣的花；禽兽好色，才有鹿角峥嵘、雀屏斑斓，才有"鸟的一代"。木犹如此，人何以堪，堪的是色，不堪的也是色。禽兽不如，不如禽兽的更是那色，虎皮华丽灿烂，其色比画皮、人皮好看多了，难怪有人老想与虎谋皮。陀螺在小姑娘的花裙子下转着，就比在我两脚之间转得欢。小姑娘把在吊桶底部盘作一团的吊绳拿起，一圈一圈缠上手腕，从陀螺上跨过。

玩着陀螺的几个小男孩跑来，狠狠抽它一鞭子，对它突然跌倒心怀不满。然后拾到手中，用鞭子在陀螺上一圈一圈绕紧，用力向地面扔去。

"呼"，陀螺转起，几个小男孩追着陀螺，奔向巷口。

小姑娘把吊桶放进井里，吊绳从手腕上一圈一圈脱落，被井口一下抒得笔直,小姑娘猛地站起似的,小姑娘刚才坐着似的,其实小姑娘一直站着,朝井里张望。

井圈是大青石的。二十世纪七十年代,苏州城里的许多大青石井圈都不翼而飞,有三国时期的大青石井圈、有东晋时期的大青石井圈、有南朝时期的大青石井圈、有隋时期的大青石井圈、有唐时期的大青石井圈、有五代时期的大青石井圈、有宋时期的大青石井圈、有元时期的大青石井圈、有明时期的大青石井圈、有清时期的大青石井圈、有民国时期的大青石井圈、有四九年以后的大青石井圈,都不翼而飞,不是有人收藏,是让人偷去烧石灰。那时有院子的人家,都必须自备材料挖防空洞,而石灰市场上又紧缺,只得自己动手烧石灰。

青烟白烟,逸出院墙,遍地英雄烧石灰。挖出的土,院子里堆不下,就堆到小巷里。玩陀螺的空地越来越少,井台边也不能去,怕掉到井里,因为这只大青石井圈不翼而飞。不是怕自己掉到井里,是怕陀螺掉进去。

我们的方言里,没有"陀螺"一说,我们叫它"贱骨头"。抽它,它才转,所以叫它"贱骨头"。

"贱骨头"也是一句骂人的话。我从小学读到中学,不知多少回被语文老师、算术老师、政治老师、音乐老师、美术老师、体育老师、历史老师、地理老师、常识老师、自然老师、英语老师、化学老师、物理老师、生理卫生老师、劳动老师，有时还有工宣队队长，有时还有教导主任，有时还有校长，骂过"贱骨头"。我是不是有点早慧呢？

"贱骨头"在小姑娘的花裙子下转着，吊水的小姑娘穿着花裙子，裙子上是一朵一朵小小碎碎琐琐屑屑的石榴花。现在想来，还是很美的意象。

我不太爱玩"贱骨头"。有一次姑祖母从玄妙观买来一只"贱骨头"，我觉得它不转的时候比转的时候好看，这只"贱骨头"上画着一道红一道蓝一道红一道蓝，仿佛被马戏团解雇的伤心小丑。

一根有长矛那么长的火柴

我见过一根有长矛那么长的火柴,当然,是在梦中。

小时候我因为偶然得到一根绿头火柴而欣喜半天。

那时候的火柴头,和那时候的脸色差不多,常见的是黑色。现在想起来那时候的大人脸色,不是黄色,也不是白色,更不是红色,是一种黑色。

那时候的火柴头从根本上讲是黑色的,是"黑色幽默"呢还是提醒我们非洲黑兄弟生活在水深火热之中?我们该去解放他们。那时候还不知道什么"黑色幽默",就是"幽默"也不知道。现在也不知道"幽默"——我们的文化只提供得出滑稽。但我们能够"身在教室胸怀世界",却是真的。那时候我们的胸照例很大,都是波霸。虽说那时候强调的是"深挖洞广积粮不称霸"。

那时候,绿头火柴很少见,红头的火柴,也不多见。天赐福于热爱的人们,于是我就有了一根绿头火柴。

我找来一只玻璃瓶，把那一根绿头火柴小心翼翼放了进去。就与你现在把钱藏到保险箱时的心态接近。我把瓶盖拧紧，即使发一场大水，它也不会受潮。它能够干干净净漂流入天国。天国里杂草不多，云多。我把这一只玻璃瓶压在枕头底下，结果我见到一根有长矛那么长的火柴，当然，火柴头是绿的。

我为什么如此欣喜于这一根绿头火柴？我也不知道。

人生最寂寞的时刻或许就在童年吧——还没有学会表述，也就不夸张。

欣喜来自寂寞。欣喜的源头是寂寞。

许多年后我知道了堂·吉诃德，他爱拿长矛同风车搏斗。但我总觉得他手里拿的是一根绿头火柴。如果堂·吉诃德果真要拿一根绿头火柴与风车搏斗，那么塞万提斯也就写得更好。

在没有对手的情况下，每个人内心也都有一件武器。只是称手不称手并不知道。因为没有对手，也就没有试过。往往称心的不称手，称手的不称心。

我内心的武器我纳闷于为什么不是那一根绿头火柴，而是曾经装过它的玻璃瓶。我会漂流而去，不装什么，也没有目的地。

后来，我的那一根绿头火柴被我父亲点烟点掉。燃烧过的火柴——火柴棍——没有了头脑，身体都是差不多的。我也就没有让他赔我。

铅笔记

这几天我老想到铅笔,总觉得它是一只故事。尽管想了半天,也没想出什么。故事是有的,但这一只故事不好听。兄妹两个打架,妹妹用铅笔把哥哥耳朵捅聋了。这一只故事的确不好听。

铅笔像是童年,现在看来短暂,但当时却只觉得漫长,一支铅笔似地削也削不完。都削烦了。

那时候艰苦朴素,一支铅笔非要用到只剩一个铅笔头,再削第二支。我读小学时候,好像卷笔刀还没有发明,起码没有普遍,都用小折刀削铅笔。还不是每个同学都有小折刀。考试时,大家分开坐,没小折刀的同学就借不到刀了,我记得坐在我后面的王进文竟带把菜刀。他突然摸了出来,别说我们,就是老师也吓一跳。我至今还闻到那把菜刀上白菜和豆腐的味道。现在想来可能是萝卜。白菜和豆腐的味道寡淡,只有萝卜的气味历久弥新。那次考试我没有考好,本来算术就叫我头大,还时不时地想起背后的菜刀。考试才考到一半，我肚子就饿了，仿佛听到切菜的声音——王进文正气壮山河地用菜刀削着铅笔。

　　这是旧事了，谁都知道。说点新的。说说我儿子和铅笔的故事。他读幼儿园，有一天回家问我要五块钱，我说干什么，小孩子是不能随便要钱的。他说幼儿园阿姨讲有个地方的哥哥姐姐读不起书，要我们买他们的铅笔。没过几天，他果真抱一把铅笔回家，那兴奋的样子，像农贸市场的小贩抱着一只鸡。这种铅笔，放在卷笔刀里卷，卷卷卷卷，起先没注意，后来才发现铅笔芯都会卷跑，只剩一小撮黑乎乎的粉末，那几天，我家就像煤球加工厂。只得改用小折刀削。我好久没削铅笔了，刀子更喜欢和手指亲密，等鸳梦重温后又有发现，这铅笔杆上有很多木刺，宛如青春的脸蛋，哦，一面孔粉刺，哦，一面孔粉刺。我让儿子把这些铅笔丢掉算了，儿子不同意，说幼儿园阿姨让用的。我只得买来砂纸，一根一根打磨——足足半个月，我做木匠活，还是细木匠。现在想来我更像美容师，在给老太太们磨皮。

　　有一年，我印象里我还没小学毕业，二十世纪七十年代初吧，大概社会上也已有有识之士认识到资源的可贵，就发明一种塑料铅笔，流行过一阵。塑料铅笔，就是铅笔杆是塑料的，铅笔芯可能也有配方上的变化，写出的字极淡极淡，费很大的劲才能写浓一点点，真不像写字，而是刻字。一阵子下来，班里同学个个手劲大了，从这点可以看出，班主任才在黑板上写几个字，就会摇摇头揉几下手腕，而我们一堂课把一篇课文连抄三遍，手不带酸。

　　塑料铅笔的色彩既艳丽又俗气，在我看来是最早的艳俗艺术。现在不少很著名的艳俗艺术家，说不定就是对塑料铅笔的回忆吧。我碰巧认识几个，但却一直忘记打听。文章写到这里，我就心血来潮给其中的一个打电话，他不在，他女儿说，说什么你们大概已经知道：

　　"爸爸给我买铅笔去了。"

沙橡皮白橡皮香橡皮肉橡皮

有一种橡皮，我们叫"沙橡皮"。这是我们的叫法。学名什么，我到现在也不清楚。它黑乎乎的，质地粗糙，我们把它当宝贝。沙橡皮可以擦去钢笔、圆珠笔笔迹。沙橡皮没有单独卖，它和普通的白橡皮粘连一块。一头是白橡皮，一头是沙橡皮，长长一条，两头截出斜面，磨圆棱角。我认为沙橡皮是二十世纪七十年代在造型上最为考究的文具，有面与线灵巧的美丽。我们那时都舍不得用沙橡皮，也主要做作业时小学老师规定只准使用铅笔，我们就一个劲地用白橡皮擦，擦出条条纸垢，纸垢有时会卷得很长，乳白的绳索缠紧笔迹的黑色和练习簿格子的绿色，像在多年以后吃到的冰淇淋——拉长在蛋筒口上香草夹着青苹果那么尖尖的一条。我吃冰淇淋时会常常看见一个动作：用橡皮不停地擦着错别字。

照这么说，我会存下许多沙橡皮，只是事情往往不是这样的，白橡皮擦完了，沙橡皮也不知丢到哪里。

阿兰·罗布－格里耶有本小说，就叫《橡皮》。这是我读到"新小说派"的第一部书，没有读完。没有读完的原因是有个朋友生日，他在我枕边拿走几本书，说算是我送他的礼物，其中就有《橡皮》。《橡皮》里有个情节，侦探在口袋里放块橡皮，没事的时候就用手指搓它。那时，我的口袋里也放点什么，不是橡皮，我想起来了，那时我在我的口袋里放了两只胡桃，没事的时候就用手搓它。两只胡桃油光锃亮，简直不像胡桃，像玉雕出的两只工艺品胡桃。

想起胡桃，也就想起香橡皮。

因为我也有过在口袋里放一块香橡皮的时候。

我读小学二年级，妹妹读小学一年级，如果没记错，就是这辰光，社会上流行起香橡皮。那时苏州还没地方买，据说上海才有，有亲戚在上海的同学果真拿来一块，给大家传看。有交情的才看得到，平时吵过架的还不给看。香橡皮上印着小猫小狗小兔子，其实是印在包着香橡皮的透明塑料纸上。传着传着，透明塑料纸掉了，她呜呜大哭，她要他赔，闹到班主任那里，班主任眼睛一瞪，说：

"谁让你带来的？"

那时欺富爱贫。后来香橡皮苏州也有买了，消息传来，已是晚上，父亲刚下班回家，正喝着酒，心情愉快，我和妹妹要买香橡皮，他也就爽快地答应了。我们拿着钱，跑去人民商场，直奔文具柜台——

那天的灯光特别明亮,白晃晃快要让人睁不开眼——女售货员头摇摇,说:

"卖完了。"

好像我和妹妹并不觉得绝望,尽管往回走时有点灰溜溜。不觉得绝望的原因现在想来,钱在我们手上,怕什么,牛奶会有的,面包会有的,香橡皮也会有的。

二十世纪七十年代的小学生,放学后要在一起办学习班;住得邻近点的会在一起做家庭作业。我做得慢,只剩下一个女同学了,她等我。因为学习班在她家里办,她只能等我。我的橡皮——忘记沙橡皮白橡皮还是香橡皮——丢了,问她借,她抢过我的练习簿,说:"借你肉橡皮。"

她用手指蘸点唾沫,猛擦起来。

竹皮帖

一个儿童，常常搬一把椅子，竹编的椅子，因为有些年头，竹皮发红，一个儿童常常搬一把椅子坐到天井里望天。

天是长方形一块，湛蓝湛蓝，偶尔有卷边的白云，薄薄的，摊在桌上的丝棉。祖母在桌上给这一个儿童做小棉袄，她把丝棉平铺到裁好的袖管里，然后拿到缝纫机上去踩，缝纫机卡通卡通响着，皮带从铸铁轮上不时掉下，踏板好像翘翘板，头在这边翘起，尾巴就在那边垂下。粉墙由于江南天气潮湿，结壳，有时会鼓圆了，一如蚕宝宝上山吐丝结茧。缝纫机的影子在粉墙上，斜斜的，台阶在暗地里拉长。

他们把蚕叫蚕宝宝，小孩这么叫，大人也这么叫。蚕蛹活过来，咬破自缚的茧，飞出，早知今日何必当初呢。飞出的是蛾，它把子洒在纸上，一点黑，一点黑，一点黑，密密麻麻，用手指摸摸，好像按住针眼。小孩们把这张带有黑点的纸，贴胸放着，他不时把纸抽出，看看，到天井里的阳光底下，看看，纸是热热的，比他身体的温度还高，一点黑，一点黑，一点黑，还是一点黑，一点黑，一点黑，不见它有什么动静。有一天，他正与巷里的小孩在一起射箭，突然觉得胸口奇痒，他想起那张纸，忙抽出来，他数数黑点，少了一点，他知道这一点已经从针眼里钻出孵化成蚕。他狂喜，但又害怕，他怕这条蚕钻进肚脐眼，从肚脐眼钻进，在身体内爬，爬呀，痒死了，又搔不到它。搔不到的痒，会让人下贱，搔不到后背，就野狗一样往电线杆上蹭。纸箭当街呼啸，他脱掉衣服，找这条蚕，等找到这条蚕时，他几乎光着身子。

那条蚕真小，但它会动。

天上有老鹰飞过，一点黑，一点黑，一点黑，推近了，又拉远，天井一如照相机镜头。邻居崔好婆说，吉由巷里一个小孩，不听话，被老鹰叼走。他的父母追呀追，追到小公园也没追到。崔好婆说这话的时候，伸出手来，狠狠捏住他的肩膀。他哇哇大哭，哭得很伤心。

一个儿童，常常搬一把椅子，坐到天井里望天。天空太明亮了，睁不开眼，就垂下头看看周围。墙上的雨痕漏绿，因为青苔顺着雨痕往上爬。竹编的椅子，刚换来时也是绿的，那时候，常有江西人悄悄挑着竹榻竹椅，与巷里的好婆们换全国粮票，比如二十斤全国粮票换一把竹榻，五斤全国粮票换一把竹椅。挑着竹榻竹椅的，也不一定全是江西人，苏州城外的农民，只要挑着竹榻竹椅，都说自己是江西人，有时被嘴快的好婆们识穿，苏州城外的农民就说这竹榻竹椅的确是从江西运来。一个儿童，常常搬一把椅子，这把椅子因为有些年头，竹皮发黄，后来发红。

竹编椅子，在竹皮发绿阶段，让小孩光屁股坐在上面，据说疗效甚佳，整个夏天不长痱子。

旧衣帖

一个少年，不好好读书，早早离开校园，他想到社会上去学一门手艺，养活自己。他十五六岁时候，就用自己挣的钱，买书，下馆子。他很喜欢读书，也很喜欢吃。他很少做衣服，喜欢穿旧衣服——对朋友送的旧衣服，他穿在身上会很愉悦，觉得有人气；对自己穿过的衣服，哪怕破了烂了，也舍不得丢，他常常打开橱门看望它们。他和它们能够交谈。

后来，他写诗了。

其实他很早就写诗，知道诗的样子：

李白乘舟将欲行，
忽闻岸上踏歌声。
桃花潭水深千尺，
不及汪伦送我情。

他很早就知道李白，还有汪伦。以致他对姓李姓汪的人都有神秘感。他母亲姓李，他就常常缠着母亲写她的姓名，请她写在本子上，写在他收集的香烟壳上。他现在还能模仿他母亲签名，点画之间，有些何绍基味道。

大约四五岁时，他爬上饭桌，对姑母说，他要写诗，让姑母给记下来：

小扁担，长呀长，
乡下人，挑着筐。
一筐装着水蜜桃，
一筐装着黄鼠狼。

一筐为什么装着水蜜桃？姑母问。他说，我爱吃。一筐为什么装着黄鼠狼？姑母问。他说，它好玩。

后来有其他好玩的事要做，种桃树、画人人头、放幻灯片，他就把写诗这件事忘记。

后来，他又写诗。他以为自己在古代就能成为李贺，在外国就能成为拜伦，他最早知道的古代诗人是李白，他最早知道的外国诗人是普希金，说来也奇怪，他从没想过要成为李白或普希金。在他少年时期，他一门心思想成为李贺或拜伦。现在，他成为自己，这样舒服些。

一个少年，他与同龄人大都合不来，他不与院子里的同龄人玩——他住的院子里有座清代戏台，脚踩上去，地板会咚咚闷响，他后来听一盘京剧磁带，又听到这咚咚闷响——他与社会上的青年玩——他跟着一位青年，这位青年是公交车售票员，在同一条线路上跑来跑去，都跑厌了，但经过北寺塔，他还是忍不住抬头望望。重修北寺塔的时候，建筑工人在塔顶抓到一条白蛇。

他常到朋友家读书。那时书很少，许多书还没开禁，拥有这些书的朋友也就不愿出借。他读书读到很晚，有时候喝酒，回家就故意穿过体育场，练练胆子——体育场的午夜，阴森怕人，没有一点灯火，就是周围也没有一点灯火。九十年代之前，枪毙人，都先在体育场开公判大会。五十年代，苏州市公安局唯一没破的一件命案，是一位小学女生在体育场被人奸杀。现在还是无头案。直到七十年代，尚有人说，体育场围墙里第几棵第几棵树边，清明前后能听到像是女孩的哭声。有一次，他没喝酒，但他也想穿过体育场回家，因为月亮很大。他一跨进体育场铁门，就看到一个白影呼哧呼哧飘忽着，惊骇之余，他终于看清：

一个人踢着足球，朝球门踢去，然后在后面追它——有时候他并腿跃过滚着的足球,站在那里,等它向前;有时候他放慢脚步,跟着足球,快到球门时突然冲刺,猛地转身,伸出右手,用细长的食指指着向他跳来的足球。

内心一个绿油油的鬼

内心一个绿油油的鬼,这个鬼很美丽。这个鬼传统之鬼。

从月洞门望出去,游廊上的盆景映山红开成个醉脸,鬼就在那里,提着春色恼人,把一朵一朵花灌醉。

游春小姐团扇轻执,她扑着蝴蝶。这蝴蝶越飞越大,越大越飞,渐渐地包抄起她。

她有点害怕。

蝴蝶上全是眼睛,一开一合的蓝眼睛、绿眼睛、白眼睛——蝴蝶本身就是一只眼睛,被它的两支翅膀掰开、撕碎。丢掉。柳荫下的池塘中漂着金粉银粉琐琐碎碎的绿、蓝、白。石桥像叶古琴踏水而过,锦鲤从匣内游走。

这个鬼盯上小姐,就在她的团扇上人事不省地画只黄蜜蜂。画艺如何,用传统的套话套来,就是"栩栩如生"。黄蜜蜂听到夸奖,激动得刺穿团扇上绷紧的蝉翼。

　　亭子隐藏树影之中,仿佛镂空胡桃。这个鬼在上午——胡桃上镂着钟馗。钟馗是空心的,从他脐眼望出去,可以望到屁眼。因为钟馗的后臀高高翘着。

　　传统不是鬼的时候,往往是鬼传统。传统开始闹鬼,就是说它快投胎。

　　假山石边一树海棠,有人微雨出门。
　　去看一件旗袍,看完后他说,这件旗袍是紫色绣着银花边的。另一个说这件旗袍是黑色绣着白花边的。但穿这件紫色绣着银花边旗袍的人或者黑色绣着白花边旗袍的人,他们对她的描述,却一模一样。

　　断断续续,写不下去——我原本想为手头正写的一本书写个后记。可能天气炎热的缘故吧,内心一个绿油油的鬼,正在午睡。
　　回到苏州五天六天,住在妹妹家,还没出过门,不想动。苏州还有我的朋友,但不一定就要见面。记忆是一件紫色绣着银花边的或者黑色绣着白花边的旗袍,而现实却是穿旗袍的人,腰身肥大,难看得很。

今天中午想听评弹，母亲说电视里有，打开后看看，兴趣又没有了。评弹的美妙，在于从容不迫，演员与听众两方面都需要时间意义上的充裕——这是修养，时间意义上的修养，是很困难的。

无聊之际，读着小外甥的古诗读本。这些古诗，可以说我都熟悉，因为无聊，就用不低的声音念念，我还是感动。古诗中有种调子，会慢条斯理地弥漫开来，接受时间的抚摸像呼吸。诗话中常有情景交融的说法，这景在我看来，就是时间。个人和时间相互渗化、深化，天衣无缝地融合。

古诗中——当然这说法很含糊——有个从不睡着的鬼，它不是巍巍然的神、俨俨然的圣、飘飘然的仙、板板然的人。文化的活力在于时时能把传统的、内心的调皮鬼、捣蛋鬼解放出来。

写这篇小东西，我大白天见鬼。我看到远处一只大圈椅升起，一个绿油油的鬼坐在上面弹着弦子，简简单单，大江奔涌。莫名其妙想起《牡丹亭》。刚才是"游园"变体，现在要"惊梦"。

苏州这一个梦，惊破了。又破又烂。

妹妹家在狮子山下。当年，苏曼殊跟着一帮人爬到山顶，摇旗呐喊作过狮吼。后来开山，狮子头炸掉，就不能再回头，苏州有句俗话"狮子回头望虎丘"。现在，没有牵挂，也就没有畏惧。一如刑天，无头之狮尽管以乳为目不免有些盲目，但刑天也是鬼，想必有过人之处。人是说不准它的。

水落石出

拉开抽屉,蔚蓝天空,坐满白色的椅子;乡村理发师稻田里走着,下巴绿绿的即使长出绿绿的胡须,我也不会奇怪。

"理发师",印在书页上的文字,死蝌蚪漂浮池塘:四边摇摇,这些草枝经过冬天有些蜡黄。一个人经过青年,于是中年的皱纹里就会跳出螳螂,碧玉一般琢磨而成的螳螂,这是以前的梦。池塘椭圆,水之浑浑,已经映不出白云苍狗,漂浮着的死蝌蚪,反而给它增添几丝活气——死,也是生命的一部分。

生命可爱正在于脆弱,一根丝慢慢缠起雪白的茧子。茧子内,是死,也是可能。这可能安详地睡着,眠着,梦幻着,梦见薄薄的翅膀。翅膀淡黄色的,淡得像醒来后对梦的记忆。这记忆简直就是想象。生命绕着圈子,把死小心翼翼置放在圈子当中,茧子是一根丝的漫步,在一座屋子中的漫步——他躲到椅子背后,影子泼到墙上,墨迹淡漠得初春一样寒凉。乡村理发师走到稻田中央,绿绿的下巴使整张脸怪异了，柔和了，整张脸也能一片稻叶又细又长在我手指上卷来卷去。

稻田里的路也是又细又长，笨笨拙拙延伸而来，保持笔挺的姿势。稻田里的路，颜色黑里透黄，我想起烧焦的门栓，木棍，树枝，我喜欢玩火。乡村理发师走出稻田，上桥。我们从不喊他理发师，"理发师"，印在书页上的文字，或者乐谱中。这个理发师就很爱唱歌，他边走边唱：

七点半，骑上毛驴子！

表叔请他来给我理发，表叔叫他剃头师傅。我也叫他剃头师傅。他走在桥上，桥是石桥。在石桥的缝隙里，长着几棵无花果。无花果纺线锤般的沉甸甸果实，剖开，里面一长条逶迤的紫缝，紫缝四周溅着滴滴黑点，这是无花果的籽。几个与我三长两短的小孩剖开它后，就笑。我一直不明白他们为什么觉得好笑，后来才知道它有点女性化，私处，一片橄榄叶飘过天堂。也有人说不是无花果，这是鬼馒头。它们有点相似。所以至今我还分不清无花果和鬼馒头，圣女和妖姬。

从无花果到鬼馒头——一条天堂直下地狱的路，只是圣女常常在地狱里。还有一个地狱：红颜薄命。我第一次见到乡村理发师，就是陈圆圆和冒辟疆初次会面的地方。如今虎丘塔更斜了，乡村理发师的左侧，淡黄色的、褐色的虎丘塔。

夏夜与表叔在打谷场上吃粥，我把粥碗摆东摆西，看能不能照出塔影。有一次我大喊照出了照出了，原来是表叔的大拇指——他正与宋大会计说话，说到得意处，翘翘大拇指。乡村理发师的大拇指像下巴一样，也是绿绿的，如果他一直没从稻田里走出的话。表叔把一只蚊子摁死在脚背上，用嘴嘬一下大拇指，上面有他的血。我暑假在乡下什么也没学，就学这个动作，回到城里，我还是如此，拍死蚊子，把手心上的血舔掉。自己的血——表叔这样说。蚊子嗡嗡飞来，蚊子很大，塔很小，小得像影梅的铅笔。影梅是我小学同学，常用铅笔头写字。

乡村理发师在桥上停下，一只船慢慢撑来，他们说着话。在乡村，没有不认识乡村理发师的人，也没有乡村理发师不认识的人。他走家串户，见多识广，他的一把剃刀，就是这个乡村的村史，青色民谣，灰色民谣，稻田民谣，鬼馒头民谣，大拇指与虎丘塔上的民谣。

挖取吴王宝剑的秦始皇，见到虎丘塔下跑来一只白虎，就放弃这个念头，转身走了。这是虎丘由来。这时，乡村理发师朝船上丢支香烟，船上有人往桥上扔着火柴盒，乡村理发师点完香烟，又把火柴盒扔回船头。他抽的是"飞马"，俗称"四脚奔"，也为押韵——"公社社员'大跃进'／小队干部'四脚奔'／大队书记到'前门'

/县委领导'月月红'"——这是稻田民谣,地位不同,抽烟的档次也不一样。"大跃进"是当时最便宜的香烟,"月月红"指"牡丹"香烟。乡村理发师抽"飞马",也就是说他相当于小队干部。

一匹淡褐色的马飞下石桥,到我面前。

我压抑不住内心的狂喜,因为我还没让走家串户的理发师剃过头。我姑祖母叫他们剃头匠。

常来我们小巷的,是一位扬州师傅,一手夹着白布包袱,一手拿着小板凳。我印象最深是他的小板凳。给小孩剃头,他把小板凳往借来的椅子上一架,然后把小孩抱到上面,他就不用弯腰曲背咔嚓咔嚓;给大人剃头,他把小板凳往椅子下一放,让大人搁脚;没生意的时候,他自己往板凳上一坐,在井边、电线杆下、暗绿的苔藓上、惨淡的雨漏痕里,逮着谁就与谁吹牛。吴方言里吹牛还有聊天这层意思,"吹吹牛,开心",就是"聊聊天,高兴"。

小巷的墙壁上,黄昏最先暗下,一如玻璃杯口浊厚的唇痕、茶渍。涂着口红的嘴唇,轻触玻璃杯口的时候,金鱼的扇尾被水藻合上,清风突然挂在树梢,梧桐树的树干敷着霜霜白粉,灯罩里的光掩衣而立。梧桐树的树干有着冬瓜皮肤色,它们秋波脉脉。扬州师傅看看闲人不闲,都散了去吃晚饭,只得一手夹着白布包袱一手拿着小板凳,小巷深处,一步步老不情愿地朝庇荫走去。

上午还是凉爽,扬州师傅给小辫子剃头。小辫子家以前生下的男孩，都活不过七八岁，小辫子生下，有人讲给他扎个小辫子，当女儿养，成活率就高。小辫子现在十一二岁，早不在脑后扎小辫子了，大大小小们还是喊他小辫子。这一根小辫子即使剪掉，也拖拉在他脑后。我们脑后都有根小辫子的，辜鸿铭这句话，不怎么深刻，但说得机智。小辫子直接坐上椅子，他的个头很高，就不需要再垫上那只小板凳。扬州师傅在一棵梧桐树下给小辫子剃头，周围或坐或蹲或立七八个闲人。扬州师傅见人多，就高兴，口若悬河，剃刀咔嚓，嘴巴嘀嗒，小辫子的爹着急："别把小辫子的耳朵剃了。"扬州师傅连忙回答："剃掉小辫子的鼻子还好，小辫子的耳朵，我还舍不得呢。你们看看，这招风耳，比'噜噜'大。"闲人就笑，小辫子的爹也笑。"噜噜"，就是猪。扬州师傅用手指弹弹刀刃，对闲人说："我有一个对子，你们能对上吗？"闲人让他说，他说：

童子打桐子桐子不落童子不乐

闲人嘘他，这对子也太老了。弄个新鲜点的，扬州师傅又说一个：

大鱼吃小鱼小鱼吃虾虾吃水水落石出

闲人搔头摸耳朵,叹气。扬州师傅说这个是绝对,唐伯虎都没有对上。闲人不信,你别卖关子,给我们说说吧。扬州师傅做个鬼脸:"真要我说?""说!""说!"扬州师傅假装很为难似地一张嘴,疾疾地说了出来:

男人压女人女人压床床压地地动山摇

听清的闲人就笑,没听清的让扬州师傅再说一遍,扬州师傅摆摆手:"不说了不说了。"

我看着小辫子,心里羡慕。因为我从没让这个扬州师傅剃过头。让这个扬州师傅剃头,几乎是我童年梦想。姑祖母宁愿多花点钱,带我到店里去理发。姑祖母大概是有偏见的,认为小孩和走家串户的剃头匠熟悉,小孩会学坏。

小公园附近有家理发店,玻璃门,镜子墙,我一坐上软软的皮转椅,我就大哭。印象里只有一次没哭。我面前大镜子中一位理发师把剃下的头发归拢一堆,和进一团城墙泥里,加水,揉搓。他又往这一团黄色的城墙泥里加水,揉着,搓着,揉搓得烂烂的,又和入一捧头发——这一团城墙泥变得褐色。他蹲着,白大褂的下摆铺到地上,他像蹲在雪地,他把这一团褐色举过头顶,摔下去,举过头顶,摔下去,举过头顶,又摔下去;一只红光满面的大白公鸡,勇敢地啄食一条飞天蜈蚣。

冬天了,理发师要用这城墙泥搪炉子。

走出稻田下了石桥的乡村理发师,他的下巴也就不绿了。但我还是压抑不住内心的狂喜,因为我还没让走家串户的理发师剃过头。

风大,乡村理发师说,他让我把椅子搬到屋檐底下。檐角蜘蛛网张罗,一个赤身裸体的女子网中挣扎。她的乳头鲜红,像刚从河里洗浴出来,皮肤,胸口,活水淋淋。直到乡村理发师走进屋檐,我才看到他的胳肢窝下夹着白布包袱,与扬州师傅差不多。大卜埕发师的包袱都差不多的。一个赤身裸体的女子,在蜘蛛网里漫步——生命可爱正在于危险,一根丝慢慢缠起雪白的身体。身体内,是死,也是可能。这身体挣扎着,但可能却正安详地睡眠,梦见蜘蛛绕着圈子,把身体小心翼翼地置放在圈子当中——他躲到椅子背后,乡村理发师在我手指上卷来卷去。他拿出剃刀。我等着咔嚓的声音。屋檐底下,叠着几只箩筐,一只红光满面的大白公鸡,在我脚边绕着圈子,我踢它一脚,它飞走了。尘土,羽毛,此起彼伏。一柄锄头靠在墙上,生下根,浇一点水的话,就能青枝绿叶。乡村理发师又站到我面前,挡住虎丘塔,石桥,稻田。但我听得见河的声音,船的声音。船让河发出声音。我面前——乡村理发师这一面镜中——看到扬州师傅在一棵梧桐树下给小辫子剃头。乡村理发师也是扬州师傅,我也是小辫子。我们都是扬州师傅,我们都是小辫子。他把这一团褐色举过头顶，红光满面的大白公鸡啄食蜈蚣。在乡村，蜈蚣比城里多。城里，人多。他给我理完发，拿出折刀，刮起我的鬓角。我叫道："不，不！"妈妈说，刮鬓角会长络腮胡子的，难看。后来中学时代，青春期，我们几个要好男生，凑在一起，用铅笔刀在自己腮帮子上刮来刮去，期盼络腮胡子长出，还真有成效，不一会儿腮帮子就黑了——因为铅笔刀上残留着铅笔灰。有位女同学的父亲是络腮胡子，不但络腮胡子，身上也都是毛。我们请她吃冷饮，请她打听——这胡子和毛怎么会这么多的。女同学告诉我们，刀刮过后，再用生姜抹。我们得这秘方，觉得世界有救。一学期又刮又抹，很少感冒这倒是真的。他蹲下身，把剃刀什么的收进包袱，我见他脑袋粗枝大叶，面孔杂草丛生——如果只有一个理发师，那么，谁给他理发呢？我摸摸新剃脑袋，会思考了。是个问题。

　　学龄前我一理发，我就大哭。这哭，大概哭我梦想的不能实现吧，那时我梦想扬州师傅给我剃头。上学后我再去理发，哭是不哭了，只是没过几年就变得有点恐惧，这要怪李贽。小学三四年级，正逢"评法批儒"，他被"评定"为"法家"——1601年，也就是万历二十九年，他因"敢倡乱道，惑世诬民"而入狱。

　　他趁狱中理发师给他剃头之际，抢过剃刀，割断自己的脖子。他说：

　　　　"受用。"[1]

---

1. "受用"见李贽评《论语·述而第七》。

诗人与故乡

一个诗人与故乡有什么关系？在我看来，没什么关系，真可能没什么关系。诗人把他的诗歌当作故乡——他生活在他的诗歌之中，有点自恋。诗人都有点自恋的。自恋的人以为自己就是一个世界，他创造诗歌，诗歌作为证明。但在某种程度上恰恰是诗歌创造诗人。这某种程度也就是时间：读者总是要很缓慢地才能读到诗歌，这时候，诗人已经消失。

所以我现在你们面前，并没有十足的理由谈论诗歌：诗人没有消失，他的诗歌也就没有道理显现。等我离开这里，我相信我的诗歌才有可能呼啸而来。它们是深海的鱼，它们不容易见到。

中国也罢，英国也罢，对于当代社会，诗歌是不容易见到的光芒。因为这一束光芒，它不是隐藏在比它更亮的地方，就是暴露于黑暗之所在。请注意，我使用"隐藏"与"暴露"这两个词。我的意思是在中国，作为一个诗人，他是更容易被暴露的。这就让我不无怀疑诗歌的品质。诗歌是光芒，在我看来，它似乎更应该是隐藏的。暴露或被暴露，常常使一个并不具备多少诗歌品质的诗人成名。我是中国诗人，用汉语写作，我热爱汉语，但并不看好汉语诗歌——我指的是二十世纪初"五四运动"以来所谓的"新诗"创作，汉语已被扭曲、污染，这种扭曲和污染，不是词义的下坠，而是语法的上压。二十世纪初期，一些留学欧美的语言学家把西方语言规律强行移植进汉语，它的确在文化上起到规范和便于交流的作用，但在另一方面，它也残酷地谋杀掉汉语之所以作为汉语的纯粹之美。

汉语的纯粹之美是什么？一言以蔽之，我想它既是简洁的，又是暧昧的。

他们谋杀掉汉语的简洁和暧昧。为什么说是谋杀？因为阴谋在我看来，有时候往往是一大群人的共识。说起"五四运动"，我们更多地是谈论它积极一面，它的负面影响，我们缄口不言。"五四运动"其实是一个向西方学习的运动，可以说它有两个分支，一支是向英美学习，一支是向苏联学习。在座有研究"五四运动"的，不妨研究研究这一阶段的历史对中国的负面影响。我对这一阶段历史涉及甚少，也就只能点到为止。"五四运动"对汉语的扭曲和污染，它的大发作——在"五四运动"后的五六十年之后，也就是在二十世纪的六七十年代，它大发作了。而我恰恰出生于这个时期。

目前的诗人，差不多都知道这么回事：语言是对一首诗的基本保证。这是不是也是阴谋呢？因为又达成共识！当语言已变得千篇一律、面目可憎的时候，诗歌又能行之多远？这也就是我在前面所说的我并不看好汉语诗歌的主要原因。以至于活着的中国诗人，如果他有抱负的话，就与其说他是诗人，不如说他是语言学家，更不如说他是文字研究者。语言学在中国起步较晚，对文字的研究，中国人早在公元前好几个世纪就已经开始。现在所能知道最早的字书是《尔雅》和《史籀篇》。秦始皇作为皇帝的一大功劳就是"书同文"，这和一些留学欧美的语言学家把西方的语言规律强行移植进汉语是不是有点接近呢？我也不清楚。但在中国，"文字学"这一说法，直到清末才出现，以前叫作"小学"，西汉人研究秦始皇的宰相李斯所作《仓颉篇》，便定下"小学"这个名称。仓颉是中国神话传说中发明文字的人物，说他是个人物，还不如说是神仙。为什么？因为传说仓颉长着四只眼睛。为什么要让仓颉长四只眼睛，推想起来，先民大概认为眼睛长得越多，看到的东西也就越多吧；看到的东西越多，文化知识也就越多吧。所谓大开眼界。尽管我长着两只眼睛，也要戴上一副眼镜——因为直到现在中国民间，尤其在乡村，把戴眼镜的人还叫作"四只眼睛"，在他们看来，戴眼镜的人就是有知识的人，有知识的人，当然是好人。中国人对知识有一种天生的亲近。好人一路平安，所以你们如果要去中国旅行，我建议你们最好都戴上眼镜去中国旅行，当然，有色眼镜就不要戴了。

有时候他们坦率一点，或者说你惹恼了他们，他们就喊你"四眼狗"。"狗"，在我们那里是句骂人话。不是说我们不喜欢狗，狗是我们十二生肖中的一位。我是属兔子的，我父亲就属狗。古代的巴蜀之地，有一个部落创造过辉煌的文明，后来突然消失，比诗人消失得还快。现代考古工作者找到他们消失的原因：他们太热爱狗了，把狗的牙齿移植于自己口腔，不料感染上"狂犬病"，他们就这样消失了。西汉人由于研究《仓颉篇》，便定下"小学"这个名称，唐宋有人称之为"字学"，但"文字学"这一说法直到清末出现，是由章太炎叫开的。

我扯到文字学，扯到仓颉。仓颉的四只眼睛听起来荒诞不经，但在我看来，它倒说出这样一个事实，一个有关中国文字的事实——它首先应该被看见。与你们"拼音文字"不同，我把中国文字自作主张地命名为"意象文字"，一个是"音"，一个是"象"，也就是说，你们的文字更多与耳朵干系，我们的文字更多与眼睛瓜葛。

也就是说，当英美诗人和中国诗人把文字作为自己诗歌创作出发点的时候，当然，这是假设，它们，我说的是诗歌，它们在观念上肯定南辕北辙，只是我更关心的是文本，也就是结果——在文本上会不会殊途同归呢？

因为当代诗歌在性质上已是国际诗歌，文字经过翻译，比如一首中国诗歌，被翻译成英语，当它在文本上出现的时候，我认为这一首诗歌它获取的并不是英语,而是一种国际语言——首先它不是汉语,同时它也不是英语。一首英国诗歌被翻译成汉语,我想情况也是如此。尽管我诗歌写作的一个方面是从文字出发,但我并不畏惧"翻译的丧失",我相信只要这一首诗歌是真正之诗,它最终必定会获取一种国际语言。如果成功,可能就是宇宙语言。诗人说到底是用宇宙语言写作的未来人,是的,他未来。

但什么又是真正之诗呢?这是一个问题。或许还是哈姆雷特问题。

我猜想这是与心灵有关的语言,它越是个人,也越是国际。诗歌的神奇,就在这里。

我说了半天,大概一个诗人与故乡真可能没什么关系,我竟还没说到故乡。我跑题了。有时候,跑题是种能力。

我在前面说过,我诗歌写作的一个方面是从文字出发,那另一个方面呢?

另一个方面,我想我从方言出发。这样说,并不是说我用方言写作。我从没有用方言写过诗歌,有时候为了达到某种效果,我用方言朗读。在这里,我可以用方言朗读一首诗。我先用普通话朗读一下,再用方言朗读,我认为它们的效果并不一样。

我所说的方言在中国方言区里,属于吴方言。在教科书上,吴方言代表是上海话。但在我看来,苏州话才是它的代表。吴方言写作，出现过两本杰作，一本《海上花列传》，一本《何典》。《海上花列传》有点像狄更斯小说，《何典》的趣味在中国小说里不多见，似乎更接近《巨人传》。《海上花列传》写的是妓女和嫖客的故事，他们的对话全是苏州话。明朝以来（公元1368—1644），妓女讲苏州话是一种时尚，表示自己的高贵。很不幸，我就出生于苏州，我的方言就是苏州话。我的诗歌写作从方言出发，是说我多多少少受到方言影响——使方言成为思维。或者说是我在诗歌写作中所关注的思维对象和思维走向。

中国的正统文化是黄河流域文化，那里出了孔子。苏州在长江以南，对于黄河流域文化而言，就是不正统文化。我以吴方言作为我写作上的思维指导，也就是说我有意识地在寻求一个旁观者的位置、一个边缘者的位置、一个与正统文化保持距离的位置。这可能与我对诗歌的理解有关。

苏州在长江以南，长江以南的地方被称为江南，但江南常常并不是一个地理概念，而是一个文化概念——或者说指的是一种文化品位。五代（公元907－960）时候，就有句俗话："上有天堂，下有苏杭"。这句话，既可以看作赞美，又可以看作诅咒——对于一个黄河流域的人而言，江南太安逸、太色情、太腐朽了：

如今却忆江南乐，当时年少春衫薄；骑马倚斜桥，满楼红袖招。

翠屏金屈曲，醉入花丛宿；此度见花枝，白头誓不归。

"如今却忆江南乐"，此句甚可回味。这是五代诗人韦庄的一首词，词牌名是《菩萨蛮》。

到了北宋（公元960 — 1127），中国文化开始向江南偏移。请注意，我使用"偏移"这个词。也就是说，尽管文化开始向江南偏移，但它是"偏"的，并不"正"，它与黄河流域的正统文化是有距离的、是不同的。南宋时期（公元1127 — 1279）迁都杭州，更是带动江南的发展——起码是文化上的发展：

一片春愁待酒浇。江上舟摇，楼上帘招。秋娘渡与泰娘桥，风又飘飘，雨又萧萧。　何日归家洗客袍？银字笙调，心字香烧。流光容易把人抛，红了樱桃，绿了芭蕉。

《一剪梅·舟过吴江》，这是南宋诗人蒋捷的词。"泰娘桥"就在苏州，有一年我常常骑车经过。当然，已经是水泥桥了。想必当初是座石桥。唐代（公元618 — 907）的桥一般都是木结构的，桥栏髹饰红漆，古诗中的"画桥"，指的就是这类桥。宋代人更钟爱石桥。

从蒋捷词里，我们可以看出，同样是对时间的认识，"流光容易把人抛,红了樱桃,绿了芭蕉"与"子在川上曰:'逝者如斯夫,不舍昼夜。'"(《论语·子罕》)是多么不同,中国人的文化趣味到了宋代有个大变化——它从早年青春硬朗过渡到中年老态柔润,或者说是一个从偏硬到偏软的过程。

苏杭,就是苏州和杭州。苏州和杭州是江南的符号,但天堂是不是苏州和杭州的样子,我不知道。如果天堂是苏州和杭州的样子,那么就是说天堂一半是人工的,一半是自然的。苏州是人工园林,杭州是自然山水。苏州离艺术更近,艺术就是人工的结果。但我今天并不想谈论园林,尽管苏州有九个园林属于联合国认证的"世界文化遗产"。因为我想在合适的时候把苏州园林和苏州评弹,当然,还有同属于联合国认证的"世界文化遗产"的昆曲放在一起作点介绍。

园林逛逛,评弹听听,昆曲拍拍,这可说是苏州人的精神生活。而苏州人的物质生活又是怎样的呢?有两句话可以概括:"早晨皮包水,下午水包皮"。"皮包水"指的是喝茶,"水包皮"指的是洗澡。苏州人喝茶,十分讲究,一般只喝绿茶,很少喝红茶,基本上不喝花茶。认为喝花茶俗气。中国古典名著《红楼梦》里的人物喝绿茶,雅致;《金瓶梅》里的人物喝花茶,这在苏州人看来是很俗气的,还不如不喝。

过去,就说我的少年时期吧,走在小巷里,总会看到一些人坐在门口或者树下慢悠悠地喝茶。没有小巷,也就没有苏州,就像一张脸上没有五官,那还能叫脸吗?小巷是苏州的细节。大到文化,小到一个人,也无非都是由细节穿针引线、聚沙成塔。南宋时期刻石为碑的《平江图》,与其说是地区性标志,不如说是对细节的玩味,东西南北,晨昏旦夕,不然也就引不起后来者的悠悠情思了。从《平江图》上,可以看到那些横线直线,苏州小巷,有横巷和直街之分。以前的苏州,约定俗成,横巷用来住家安居,直街用来经商乐业。这是颇有古风的,很像延续有序直到北宋才被废除的"坊市制"。北宋以前的城市,住宅区只在巷里,傍晚坊门紧闭,禁止夜行;商家都在街上,白天才能成市。苏州的这种建筑格局,既是因地制宜,也是闹中取静。好像第二点更为重要,商住分流,从而保证苏州人生活的宁静。

在那里的小巷居住近三十年,离上面说到的章太炎故居很近,章太炎夫人我在路上还见到过几次,我喊她"老太太"。章太炎故居有一树茂盛的辛夷花,每年春天,我都要去望望,它成为我诗歌中一个很重要的意象。我居住的小巷,又离人民路很近,以前叫护龙街,这一带原本有很多旧书店。正是这些旧书店,有意无意为中国文化传递出数以千计的孤本善本。我是见不到了。文化只在有意无意之间,既不能缘木求鱼,也不能刻舟求剑。一缘一刻,意趣顿失。

清风徐来,惠风和畅,即使在炎热的夏天,只要一走进小巷,就觉得无上清凉。这种清凉是一种氛围,是一种心静。你问苏州人,苏州有多少条小巷,就像问一个知识分子识多少个字一样。

居住在这样的小巷里,我像在做梦:并没有现实的生活,有的只是杜撰的生活。杜撰到位了,就是传统。传统是一种杜撰,在它对面,反传统也是一种杜撰。但反传统作为杜撰是更困难的工作,所以我选择它。

以上,我想你们不难看出苏州文化是一种精致的文化,是一种闲散的文化,是一种容易满足的文化,它尽管与中国的正统文化有距离,但文化一发展,就时时遇危机,江南的危机是毕竟太软弱了,所以我和故乡的关系并不大——起码和这一种文化的关系不大,这可能与我的诗歌创作有关——我一直认为诗歌创作是一项勇敢者的事业、是一项冒险的事业。

故乡只是一个诗人的诗歌背景。为了你们对我的诗歌有个了解,我就在背景上多画上几笔。现在,我就像坐在老牌的照相馆背景画前面。

许多年前,我想写一篇有关苏州的笔记,《姑苏记》:

封 域

《吴郡图经续记》"封域"条开首"苏州在《禹贡》为扬州之域"云云,这都是很早的事了,不是我能搞得清楚的。所以我也就没兴趣。苏州叫姑苏、叫吴门、叫东吴，名字很多，像一个地下工作者。也就是说，这个城市的历史不短。

苏州现在划在江苏省，江苏省是一个种棉花和织布的地方，于是裁缝就很多，外省人跑到江苏省后的最大感受是常常有人拿着软里巴几的皮尺追上来量腰身。

城 邑

从航拍的图片上看姑苏，它的形状像马前泼水。老城墙拆了，就不规则。高抬贵手或者说遗珠之憾，就是盘门那一带的老城墙还没有拆除，所以现在有一段很让姑苏人增福和振奋的水城门。据说在全世界的范围内独一无二。

以前有个老头，不知道从何而来，在城墙上种瓜，喝醉了酒，就把城门放下，不使春光外泄。

户 口

元代时候，姑苏只剩下一百个苏州人。后来朱元璋攻打张士诚，连带着杀了四十九个苏州人。后来清兵屠城，又杀了四十九个苏州人。太平天国的时候，还有两个苏州人。到了民国，只有一个苏州人了。

坊　市

　　稿纸最后一页上是"坊市"两个字，看来我没有写完。我这篇文章可谓杜撰，不足为信。但如果你们对苏州了解的话，会觉得充满事实。

　　我在前面说过，我的诗歌写作一个方面是从文字出发，另一个方面是从方言出发，我自己也怀疑，这其中到底有多少可信度。像我《姑苏记》一样，我诗歌中的文字和方言，因为想象力的作用——这种想象力既是诗人的，又是诗歌的——它们看上去也仿佛是杜撰的了。因为诗人哪怕他有多大的抱负，这抱负也就是做一个优秀诗人，而并不是去做语言学家，更不是去做文字研究者。

　　但要做一个优秀诗人，这话听起来更像是杜撰。

　　我所能保证没有杜撰的是，我的诗歌写作并不仅仅是从这两个方面出发，诗歌作为写作它有许多个出发点。也或许只有一个——只有一个的话，那一个肯定是想象力，也只能是想象力。

　　那么，想象力是不是杜撰呢？

　　我不知道想象力是不是杜撰。前面说过的一句话"诗人把他的诗歌当作故乡——他生活在他的诗歌之中"，这句话是诗人的想象力使然，但这句话无疑是杜撰的。

　　诗人没有故乡。诗人所写出的诗歌不是诗人的故乡，诗人的出生地也不是诗人的故乡。硬要给诗人一个故乡的话，诗人的故乡就是——

　　变化！

图书在版编目（CIP）数据

苏州慢 / 车前子 著 .—北京：北京大学出版社 ,2016.6
（沙发图书馆）
ISBN 978-7-301-27075-2

Ⅰ . ①苏… Ⅱ . ①车… Ⅲ . ①散文集—中国—当代 Ⅳ . ① I267

中国版本图书馆 CIP 数据核字（2016）第 075959 号

书　　　名	苏州慢
著作责任者	车前子 著
责 任 编 辑	王立刚
标 准 书 号	ISBN 978-7-301-27075-2
出 版 发 行	北京大学出版社
地　　　址	北京市海淀区成府路 205 号　100871
网　　　址	http://www.pup.cn　　　新浪微博：@ 北京大学出版社
电 子 信 箱	sofabook@163.com
电　　　话	邮购部 62752015　发行部 62750672　编辑部 62755217
印　刷　者	北京中科印刷有限公司
经　销　者	新华书店
	880 毫米 ×1230 毫米　A5　9.75 印张　彩插 8 页　176 千字
	2016 年 6 月第 1 版　2021 年 12 月第 6 次印刷
定　　　价	45.00 元

未经许可，不得以任何方式复制或抄袭本书之部分或全部内容。
版权所有，侵权必究
举报电话：010-62752024　电子信箱：fd@pup.pku.edu.cn
图书如有印装质量问题，请与出版部联系，电话：010-62756370